双葉文庫

はぐれ長屋の用心棒

# 黒衣の刺客

鳥羽亮

目次

第一章　房吉の死　7
第二章　三太郎の恋　55
第三章　好色　113
第四章　黒猿　162
第五章　化けの皮　212
第六章　黒衣の武士　261

この作品は双葉文庫のために書き下ろされました。

# 黒衣の刺客　はぐれ長屋の用心棒

# 第一章　房吉の死

## 一

　屋根を打つ雨音が聞こえる。朝からの雨が、また強くなってきたようである。狭い座敷は薄暗く、湿気をふくんだ大気が澱んでいた。鬱陶《うっとう》しい日である。

　間口二間の棟割り長屋だった。狭い土間につづいて、二畳分の板の間と六畳の部屋があるだけである。伝兵衛店《でんべえだな》というもっともらしい名があるが、近所の者ははぐれ長屋と呼んでいる。牢人者、いかがわしい大道芸人、日傭取《ひようと》り、無宿人など、世間の者に冷たい目をむけられるはぐれ者が多く住んでいたからである。

　その六畳の部屋で、パチリ、パチリ、と将棋盤に駒を打つ音が聞こえていた。ときおり生あくびの音が混じっている。

将棋を打っているのは、華町源九郎《はなまちげんくろう》と菅井紋太夫《すがいもんだゆう》。脇で将棋盤を覗きながら、ときどき生あくびを洩《も》らしているのが茂次《しげじ》だった。三人ははぐれ長屋の住人である。

今日は朝から雨だったので、将棋好きの菅井が将棋盤をかかえて源九郎の部屋へやってきたのだ。

ふたりで将棋を打ち始めたところに茂次がやってきて、ふたりの対戦を覗き込んでいたのである。

源九郎は五十六歳。生業《なりわい》はお定まりの傘張り牢人である。源九郎の着物の肩や袖には継ぎ当てがあり、茶の地の袴は煮しめたような色合いになり、よれよれだった。無精髭や月代《さかやき》が伸び、髷はだらしなくくずれている。

華町という名に反して、ひどくうらぶれた貧乏牢人だが、五尺七寸と背丈もあり、胸は厚く腰はどっしりとしていた。それに、丸顔ですこし垂れ目だが、貧相ではなく、人の良さそうな憎めない顔をしている。

将棋盤を睨《にら》んでいる菅井は、四十九歳。この男も牢人で、両国広小路で居合抜きを見せて口を糊《のり》している。

肩まで伸びた総髪、抉《えぐ》り取ったようにこけている頰、切れ長の細い目。貧乏神のような陰気な顔をしている。

「ま、待て、その銀」

ふいに、菅井が目をつり上げて言った。

「待てぬな」

王手、角取りだった。角を取ると、形勢は大きく源九郎にかたむく。

「どうあっても、待てぬか」

菅井が将棋盤を睨みながら言った。

「待てぬ」

「されば、こうだ」

菅井は右袖をたくし上げ、パチリと音をたてて駒を打ったが、何のことはない。王を逃がしただけである。

すかさず、源九郎は銀で角を取った。あと、五、六手で詰みそうである。

「やはり、そうきたか」

菅井は苦虫を噛み潰したような顔をして将棋盤を見つめている。陰気な顔がかすかに赭黒《あかぐろ》く染まり、般若のような形相になっていた。

「勝負あったな」

そう言って、王の前に金を進めた。菅井がどうあがいても、王は逃げられない。

菅井は唸《うな》りながら顎のあたりを指先でこすっていたが、

「もう一番だな」

と言って、駒をかき混ぜ、また並べだした。

「まだ、やるのか」

源九郎はすこし飽きてきた。

「外は雨だ。将棋しかやることはあるまい」

「まァ、そうだが……」

菅井は雨天の日は商売に出られないが、源九郎の傘張りは雨が降ってもできる。それに少々ふところが寂しいので、仕事をしようかと思っていたのだ。

そのとき、茂次が、

「旦那方、話を聞いてますかい」

と、口をはさんだ。

茂次は二十七歳。生業は研師《とぎし》である。長屋や町家などをまわり、包丁、鋏《はさみ》、小刀などを研いだり、鋸《のこぎり》の目立などをしていた。茂次も雨の日は仕事に出られないのである。お梅《うめ》という若い女房をもらったばかりだが、顔をつき合わせているのに飽きると、源九郎の部屋へ顔を出すのである。

「何の話だ」

菅井は駒を並べながら訊《き》いた。

「大倉屋《おおくら》に入った盗人《ぬすっと》のことですよ」

「話だけはな」

源九郎が言った。

一昨日の晩、春雷が鳴った。その夜、日本橋冨沢《とみざわ》町の薬種問屋、大倉屋に夜盗が押し入り、奉公人ふたりを殺して大金を奪った、との話を長屋の女房連中がしゃべっていたのを耳にしたのである。

「七百両もの大金が奪われたそうですぜ」

そう言って、茂次が戸口の腰高障子の方に目をやった。さっきから、何か気にするようにときどき戸口に目をやっている。

「七百両な。大金だな……」

駒を並べ終えた菅井が、おれが先手だぞ、と言って、歩を進めた。

「わしは、七両でたくさんだがな」

源九郎が他人事のように言った。

夜盗の話はそれで終わった。貧乏長屋の住人には、かかわりのない話なのである。

それから、小半刻（三十分）ほどしたとき、腰高障子のむこうで下駄の音がし、障子があいた。

障子の間から顔を出したのは、茂次の女房のお梅である。

お梅は顔をむけた源九郎と菅井に首をすくめるように頭を下げた後、

「おまえさん、ちょっと」

と小声で言って、頬を染めた。

「ヘッへへ……。昼めしの支度ができたようだ」

とたんに、茂次の目尻が下がった。どうやら、茂次はお梅がむかえに来るのを気にしていたようである。

「それじゃァ、旦那方、御免なすって」

そう言い残すと、ニヤニヤしながら土間へ下り、お梅の尻について出ていった。

「なんだ、あいつ、ニヤニヤしやがって」

菅井が吐き捨てるように言った。

ふたりは茂次が出ていった後も、しばらく将棋を指していたが、

「腹がへったな」

と、菅井が背筋を伸ばしながら言った。腹がへった上に、また形勢が悪くなってきて、将棋をやる気が失《う》せてきたらしい。

「めしにするか」

そう言って、源九郎が伸びをした。

「あるのか」

「めしだけはな」

朝餉《あさげ》をよぶんに炊いたので、飯櫃《めしびつ》のなかに残っていた。握りめしにすれば、ふたり分くらいはある。ただ、湯が沸かしてなかったので、茶は淹《い》れられなかった。源九郎が、にぎりめしだけだぞ、と言うと、

「めしと水があれば、文句は言わぬ」

そう言って、菅井は勝手に駒を片付け始めた。負けそうなので、勝負がつく前に終わりにしたかったらしい。

ふたりの男は板の間に胡坐《あぐら》をかき、水を飲みながら握りめしを頬ばった。雨足

が弱くなったのか、屋根を打つ雨音が聞こえなくなっていた。心なし、障子のむこうが明るくなってきたようである。

二

午後から雨が上がった。菅井は握りめしを食い終えると、将棋盤をかかえて帰っていった。さすがに、将棋をさす気はなくなったようである。

源九郎は、しばらく傘張りをした。傘張りといっても、『古骨買い』が買い集めた傘の古骨に美濃紙を張り、防水用の荏油《えのあぶら》を塗るだけである。

……さて、どうしたものかな。

二刻(四時間)もすると小腹がへり、傘張りもあきてきた。

そろそろ夕餉の支度をするころだが、ひとりでめしを炊いて食うのも味気無かったし、一日中家のなかにこもっていたので外へ出たい気もあった。

……浜乃屋《はまのや》に行ってみるか。

そう思うと、急に浮き浮きした気分になってきた。

浜乃屋は小料理屋である。女将はお吟《ぎん》という。年増だが、まだ独り身である。袖返《そでがえ》しのお吟と呼ばれた名うての女掏摸《すり》だった。ところが、お吟は源九郎のふところを狙って押さえられ、それが元で改心し、父親の栄吉《えいきち》とともに浜乃屋を始めたのである。

その後、お吟親子は掏摸一味のからんだ事件にまきこまれて、栄吉が無頼牢人に殺され、さらにお吟も命を狙われる羽目になった。お吟は身を隠すために源九郎の長屋にかくまわれ、そのときふたりは情を通じ合ったのである。

源九郎は張り終えた傘をかかえると、そそくさと長屋を出た。竪川《たてかわ》沿いの丸徳《まるとく》という傘屋に持っていけば、今夜の飲み代の足しになるだろう。

はぐれ長屋は、本所相生町《ほんじょあいおいちょう》にあった。源九郎は細い路地を通って、竪川沿いの通りへ出た。まず、丸徳にできた傘を渡して銭をもらい、竪川沿いを大川端へむかった。

浜乃屋は深川今川町にある。源九郎は御舟蔵《おふなぐら》の裏手を通り、新大橋のたもとから今川町へ出た。

浜乃屋は大川端から左手にすこし入った路地沿いにある。掛行灯《かけあんどん》に灯《ひ》は入ってなかったが、店先に暖簾《のれん》が出ていた。格子戸のむこうからくぐもった男の声が聞こえた。客がいるらしい。

格子戸をあけると、すぐに追込みの座敷があり、そこで男がひとり酒を飲んでいた。お吟が男の脇で酌をしている。

「だ、旦那、いらっしゃい」

お吟が慌てた様子で立ち上がった。

源九郎は座敷にいた男に目をやりながら、座敷の隅の衝立《ついたて》の陰に腰を下ろした。男の客が気になった。お吟とふたりだけで飲んでいたせいか、やけに親密に見えたのである。

男は四十がらみ、細縞《ほそじま》の羽織に同じ柄の小袖、商家の旦那ふうの身装《みなり》だった。面長で目が細く、口元に微笑を浮かべていた。おだやかそうな感じのする男である。

お吟はすぐに源九郎のそばに来て、

「旦那、いつ来るか、いつ来るかと待ってたんですよ」

と、鼻声で言った。そして、肩先を源九郎の胸に押しつけるようにした。化粧の匂いと柔らかな肌の感触が、源九郎をうっとりさせた。

「いや、すまぬ。忙しくてな」

とたんに、源九郎は先客のことを忘れ、鼻を長くした。

「いそがしいって、傘張りがですか」

お吟も、源九郎の生業が傘張りであることは知っている。

「い、いや、いろいろとな。それより、酒を頼む。肴《さかな》はみつくろってな」

源九郎は、それとなくお吟の膝先に手をやって言った。

店の板場には、吾助《ごすけ》という還暦にちかい寡黙な男がいるはずである。女中や酌婦はおいてなく、ふだんはお吟と吾助だけで浜乃屋をやっているのだ。

「すぐに支度するから」

そう言い残して、お吟は源九郎のそばを離れ、板場へひっ込んだ。吾助に肴の用意を頼みに行ったのだろう。

いっときすると、お吟が酒肴の膳を運んできた。

肴は鰈《かれい》の煮付けと酢の物である。

お吟は、そのまま源九郎の脇に座って酌をしたが、すぐに腰を上げ、また来るからと言い残して離れ、ひとりで飲んでいた男のそばに行ってしまった。

……どうしたのだ、今夜のお吟は。

妙によそよそしい。それに、いつもは源九郎のそばを離れたがらないのだが、今夜は腰を落ち着けていないのだ。源九郎は勇んで来ただけに、肩透かしを食ったような思いがした。

こうなると、よけい先客のことが気になった。

……どうも、ただの客ではない。

そう思ったのである。

衝立越しに、それとなくふたりの様子をうかがうと、男はおだやかな顔でうまそうに酒を飲んでいた。ときどき、お吟に酒をついでやったり、話しかけたりしている。お吟も、楽しげに男の脇に座っている。やけに親密である。

……これは、ただごとではないぞ。

源九郎の胸が騒いだ。

わしを裏切って、あの男になびいたか、と思うと、不安と苛立《いらだ》ちとで胸の動悸が強くなり、急に酒がまずくなった。

憮然《ぶぜん》とした顔で手酌で飲んでいると、お吟がチラッと源九郎に目をくれ、慌てた様子で腰を上げて源九郎のそばに来た。

「旦那、ごめんなさいね」

お吟は、源九郎にしなだれかかりながら銚子を取った。

「うむ……」

源九郎は猪口《ちょく》で受けながら、

「あの男はだれだ」

と、尊大な口調で訊いた。胸の動悸をお吟に気付かれたくなかったせいもある。

「あの人、菊蔵《きくぞう》さん。滝島《たきしま》屋という古手屋の旦那だって」

お吟が、小声で言った。

「よく来るのか」

古手屋にしては、身装がいい。大店《おおだな》の旦那ふうだった。

「えっ、ええ、ここ三日ほどつづけて」

お吟は、声をつまらせて言った。どうも、何か隠しているような物言いである。

「そ、そうか」

源九郎は、おまえ、あの男とできたのか、と口にしそうになって、慌てて言葉を呑み込んだ。あまりに浅ましい気がしたのである。

それから小半刻（三十分）ほどして、三人連れの大工が店に入って来たのを機に源九郎は腰を上げた。浜乃屋にいながら手酌で飲むのはむなしかったのだ。

「旦那、もう帰っちまうのかい。もうすこしゆっくりしてっておくれよ」

戸口の外まで送って来たお吟は、源九郎に身を寄せて甘えた声で言ったが、源九郎は、

「また、来る」

と、わざと素っ気なく言って、お吟のそばを足早に離れた。

お吟は困惑したような顔をして源九郎の後ろ姿を見送っている。

頭上で、三日月が嘲笑《あざわら》うようにひかっていた。源九郎は大川端をとぼとぼと歩いた。足元の短い影が寂しそうについてくる。

お吟を責めることはできなかった。源九郎は五十六歳。お吟は二十二歳。枯れ芒《すすき》と艶やかに咲き誇っている牡丹だった。源九郎がお吟のことを自分の女のように思うことが、そもそもおかしいのである。

老いが身に染みた。胸に寂寥《せきりょう》感と喪失感が詰まっている。

……もう、十歳若ければなァ。

歩きながら、源九郎は胸の内でつぶやいた。

三

翌朝、源九郎は慌ただしく障子をあける音で目を覚ました。陽はだいぶ高くな

っていた。

強い陽射しが戸口を照らしていた。その眩《まばゆ》いひかりのなかに、茂次がこわばった顔で立っていた。

「旦那、大変だ！」

茂次が声を上げた。

「どうした」

源九郎は掻巻《かいまき》を撥《は》ねのけて身を起こした。

昨夜、源九郎は浜乃屋から帰ったままの格好で、掻巻だけを腹にかけて寝てしまったのだ。

「長屋の房吉《ふさきち》が殺された」

「大工の房吉か」

はぐれ長屋に、房吉という若い大工がおせつという妹とふたりで住んでいた。大工といっても、半人前の手間賃稼ぎである。

源九郎は房吉と直接話したことはなかったが、長屋の女房たちの噂で房吉のことはよく知っていた。

父親の熊吉《くまきち》は腕のいい大工だったらしいが、房吉が大工の仕事をやっと覚え始めたころ、房吉、妹のおせつ、それに母親のおくめを残して急死したという。そのため、残された房吉たち三人は、店賃《たなちん》の安いはぐれ長屋に越してきたのである。その後、おくめも病死して、いまは房吉とおせつだけで暮らしていた。

「いま、長屋の者が行っておりやす」

「場所は」

「竪川沿いの一ツ目橋ちかくで」

「行ってみよう」

長屋の近くである。源九郎は土間の流し場で、小桶に水を汲んで顔を洗うと茂次の後について飛び出した。

長屋は妙にひっそりしていた。房吉の住居《すまい》のある棟で、甲高い女の声や子供の声がしたが、物音や人声はあまり聞こえなかった。遊んでいる子供の姿も、ふだんは井戸端のそばでお喋りをしている女房連中の姿もない。多くが竪川沿いに行っているのだろう。

源九郎たちは小走りに路地を抜け、竪川沿いの通りに出た。一ツ目橋のちかくの川岸に大勢人が集まっていた。近所の住人やはぐれ長屋の者たちである。源人だかりのなかに、菅井、孫六《まごろく》、それに助造《すけぞう》という日傭取りの女房のお熊《くま》、源九郎の壁隣りに住むお妙《たえ》、ぼてふりの女房のおとよなどの見慣れた顔も見られた。いずれも悲痛な顔をし、川の土手の方に目をむけていた。

源九郎が人垣のそばへ駆け寄ると、すぐにお熊がそばに来て、

「だ、旦那、房吉さんが……」

それだけ口にして、絶句した。饅頭のように丸く太った顔が、悲痛にゆがんでいる。

見ると、土手の叢《くさむら》に何人かの岡っ引きと南町奉行所定廻り同心の村上彦四郎《むらかみひこしろう》の姿があった。村上は黄八丈《きはちじょう》の小袖に角帯、羽織の裾を帯にはさむ巻羽織と呼ばれる八丁堀同心独特の格好でかがんでいた。検屍をしているらしい。

源九郎は村上と手を組んで相撲の五平という悪党を捕らえたことがあり、村上とは顔見知りだった。

「華町か、こいつはおめえの長屋の者だろう」

村上は十手の先で、足元の死体を指しながら訊いた。

「房吉という大工だ」

源九郎は村上の足元に仰臥している房吉の死体に目をやった。

瞠目《どうもく》し、白い歯を剝《む》き出したまま死んでいた。襟がはだけ、あらわになった胸がどす黒い血に染まっている。その胸に、刃物で刺されたらしい傷があった。刀

ではないようだ。匕首《あいくち》か脇差のような刃物であろう。

死体のそばに道具箱が転がり、鑿《のみ》や鉋《かんな》が叢に落ちていた。昨夜、仕事の帰りに殺されたのかもしれない。

「巾着《きんちゃく》があるところを見ると、盗人や追剝ぎじゃァねえようだ。それに、辻斬りでもねえ」

村上が源九郎にも聞こえる声で言った。

源九郎は村上の言うとおりだと思った。金目当ての殺しではないし、刀傷ではないので、辻斬りでもないだろう。

房吉は胸をひと突きにされていた。腕のいい男の手にかかったとみていいだろう。

「喧嘩か恨みか。……華町、何か心当たりはあるかい」

村上は源九郎に顔をむけて訊いた。

「いや、ない。房吉とは挨拶をする程度のつき合いだったのでな」

房吉は真面目に働き、兄妹《きょうだい》の仲もよく、長屋の評判はよかった。ただ、房吉が人に恨まれているとか喧嘩をしたという話は聞いたことがなかった。ただ、源九郎は房吉と親しく話したことはなく、長屋の噂程度しか知らなかった。

「いずれ、手先が長屋をまわることになるが、よろしく頼むぜ」

村上は背後の人垣にも聞こえるように声を大きくした。はぐれ長屋から大勢来ていることを知っているようだ。

それから、一刻（二時間）ほどして検屍は済み、房吉の死体は引き取っていいことになった。

死体は長屋で用意した戸板に乗せられ、房吉が着ていた黒半纏《はんてん》が顔にかけられた。そして、房吉の死体は、集まった男たちの手ではぐれ長屋に運ばれた。

房吉の部屋の戸口の前には、長屋の者たちが集まっていた。竪川沿いの通りまで行かなかった女子供と年寄りが多いようだ。どの顔も暗く、悲痛な表情があった。

房吉の死体が運ばれて来ると、集まった人垣のなかから、すすり泣きや洟《はなみず》をすすり上げる音があちこちで聞こえてきた。

四

ヒイッ、という悲鳴とも呻《うめ》きともつかぬ声を発し、おせつが運び込まれた房吉の死体にすがりついた。

おせつは十七。色白で痩《や》せた娘だった。おせつは房吉の体にしがみつき、背を激しく震わせながら泣きじゃくった。

座敷には、同じ棟に住む三太郎《さんたろう》、孫六の娘のおみよ、隣り部屋の鳶《とび》の竹助《たけすけ》、女房のおとせ、それに運ばれた死体といっしょに座敷に上がり込んだお熊、お妙、おとよ、それに源九郎と茂次が立っていた。みな悲痛に顔をしかめ、身を顫《ふる》わせて泣きじゃくっているおせつの姿を呆然《ぼうぜん》と見つめていた。

しばらくすると、おせつの泣き声が細くなり、喉につまったようにしゃくり上げ始めたが、細い体を顫わせて房吉の死体にしがみついている。

三太郎は泣きだしそうな顔で、おせつの後ろ姿を見つめていた。三太郎は肌が青白く、面長で顎が張っている。青瓢箪《あおびょうたん》のような顔である。

三太郎は砂絵描きだった。砂絵描きは、染粉で染めた砂を色別にちいさな袋に入れて持ち歩き、人出の多い寺社の門前や広小路の片隅などに座り、掃き清めて水をまいた地面に色砂をたらして絵を描く見世物である。

三太郎は芝の増上寺の門前で砂絵を描いて見せていたが、生来の怠け者で、ほとんど芝へは行かず、長屋で寝ていることが多かった。

この日の朝、三太郎は竹助とおとせが、戸口で房吉が殺されたことを声高にしゃべっているのを耳にし、くるまって寝ていた掻巻から這い出てきたのである。

三太郎は以前からおせつのことを気にしていた。戸口の前や井戸端などで顔を合わせたおり、挨拶をかわす程度だったが、三太郎はおせつに特別の関心をもっていたのだ。それというのも、おせつの色白のほっそりした体、やさしそうな目、ちいさな唇などが、妹に似ていたからである。

三太郎には、ふたつ違いのお初《はつ》という妹がいた。兄もいたがすこし歳が離れていたこともあって、三太郎とお初はふたりだけの兄妹のように仲がよかった。

三太郎の父親は凧《たこ》の絵師だった。方形の凧、奴凧、鳶凧などに、絵を描くのである。父親の生業の影響もあって、三太郎は子供のころから絵に興味を持ち、浮世絵師に弟子入りして修行したのだが、師匠の娘に手を出して破門され、砂絵描きに身を堕《おと》したのである。

三太郎が浮世絵師に弟子入りする前、妹のお初が死んだ。三太郎が十八、お初が十六のときだった。お初は風邪をこじらせて高熱が下がらず、一か月ほどわずらっただけで息をひきとった。

三太郎はお初の衰弱した体を抱きしめたまま女のようにいつまでもめそめそ泣

いていた。あまりにあっけない死に、妹の死が信じられなかったのである。

それから八年の歳月が流れていた。

三太郎は目の前で、房吉の死体にしがみついて嗚咽《おえつ》を洩らしているおせつの姿を見ながら、お初が死んだときのことを思い出していた。

……あのときのおれと、同じだな。

と、三太郎は思った。

そして、何とかおせつの力になってやりたいと思った。ただ、どうしていいか分からず、こわばった顔で、後ろからおせつを見つめているだけだった。

しばらくしたとき、そばにいたおみよが、声をかけた。

「おせつちゃん、房吉さんをみんなで送ってやらないとね」

身内のようなやさしい声だった。

その声に、おせつは嗚咽をこらえてうなずいた。

「みんな、長屋で葬式を出してやろう」

お熊が泣き声で言うと、座敷にいた者はむろんのこと土間や戸口にいた者までが大きくうなずいた。

その日が通夜で、翌日葬式がおこなわれた。盛大とまではいかなかったが、家主の伝兵衛をはじめ長屋の者が総出で手伝ってくれた。

おせつは房吉のそばから離れず、ほとんど座ったきりだったが、長屋の者たちが手分けして、死者に着せる経帷子《きようかたびら》から棺桶まで用意したのだ。

野辺送りがすみ、房吉の死体を回向院《えこういん》の片隅に埋葬すると、長屋の者たちはおせつの部屋へ集まった。会葬者に、女房連中が用意した握りめしと酒がふるまわれ、いっとき房吉の生前のことやおせつの今後のことなどが話題になったが、だれもがおせつを気遣って小声で話し、座敷は暗く沈んだままだった。

やがて、陽が沈み、軒下に夕闇が忍んでくるころになると、ひとり去りふたり去りして座敷はしだいに寂しくなってきた。

おせつは仏壇の前に、ひとりぽつねんと座ったままだった。

仏壇といっても、部屋の隅に木箱を置き白布をかけただけである。その上に真新しい位牌と線香立てがあり、薄暗くなった部屋に線香の煙がただよっていた。

おせつは仏壇の前に座って、いつまでも動かなかった。泣いてはいなかったが、憔悴《しようすい》した顔で膝先に視線を落としている。

「おせつさん、あたしたちが力になるからね。元気を出して」

おみよが励ますように言った。

住居がちかく歳もあまり離れていないこともあって、おみよはおせつを妹のように思っているのかもしれない。

おみよの声を聞いて、そばにいた三太郎も思いきって声をかけた。

「お、おれも、力になる」

喉のつまったような声だった。青瓢箪のような生気のない顔がほんのり赤くなったが、だれも三太郎に目をむける者はいなかった。

「……ありがとうございます」

おせつが小声で言って、頭を下げた。

思ったより、声に張りがあった。三太郎はおせつが返事し、体を動かしてくれたことで、すこしほっとした。このまま兄の後を追って、自害するようなことはないと思ったのである。

「おせつ、わしもできることはするぞ」

源九郎がそう言うと、おせつが源九郎に顔をむけ、

「華町さま、兄さん、殺されたんですよね」

と、訊いた。

「そのようだな」

「あたし、兄さんを殺したやつが憎い」

おせつの目に、強い怨念の色があった。

五

長屋の女房連中は、おせつをかわいそうに思ったらしく、入れ代わり立ち代わりおせつの部屋に顔を出して、励ましたり食い物をとどけたり、なかには部屋へ呼んでいっしょにめしを食う者もいた。

なかでも、おみよは親身になって世話をし、何かと面倒をみてやっているようだった。

おみよの亭主は又八《またはち》というぼてふりだった。父親は元岡っ引きだった孫六。男ふたりとの暮らしのなかで、おせつのような妹がいればよかった、と思う気持があったのかもしれない。

また、家主の伝兵衛もおせつの境遇を哀れみ、しばらく店賃はいいといってくれた。

そんな長屋の助けもあって、半月もすると、おせつの暮らしもだいぶ落ち着いてきて、どこかで働きたいと言い出した。

その話を三太郎から訊いた源九郎は、浜乃屋はどうかな、と思った。以前、房《ふさ》江《え》という武家の娘を長屋でかくまったとき、一時浜乃屋に隠したことがあった。そのとき、房江が店を手伝うと、客も増えて、お吟はひどく喜んだものだ。

それに、浜乃屋へ通う口実にもなる。

源九郎は三太郎を連れて、おせつを訪ね、房吉の位牌に掌《て》を合わせた後、

「おせつ、働きたいそうだな」

と、話を切り出した。三太郎は源九郎の脇に殊勝な顔をして座っている。

「はい、いつまでも、長屋のみなさんにお世話になっているわけにはいきませんから」

おせつは、小声で言った。

頬が落ちくぼみ、顔も生気がなかった。思いつめたような表情で、目ばかりがひかっている。暮らしぶりは落ち着いてきたが、まだ兄を失った悲しみを払拭できないのだろう。

「お吟を知っているかな」

源九郎が訊いた。お吟は一時はぐれ長屋にいたことがあるので、住人の多くは知っていた。

「はい」

おせつはちいさくうなずいた。

「どうだな、お吟のところで働いてみては。よかったら、わしが話してやってもいいが」

「お願いします。あたし、何でもやりますから」

おせつは声を強くして言った。

「そうか、では、明日にでも行ってみるか」

源九郎は、おせつにも支度があろう、と思い、今夜でなく、明日にしたのである。

そのとき、脇にいた三太郎が、

「だ、旦那、あっしも、ごいっしょしますぜ」

と、声をつまらせて言った。顔が朱を掃いたように赤くなっている。青瓢箪が赤瓢箪になったようである。

「そうか」

源九郎が怪訝《けげん》な顔をして三太郎に目をやると、

「い、いいえ、あっしも、浜乃屋さんで一度飲んでみてえと思ってやしてね」

三太郎が慌てて言った。

源九郎は三太郎の顔を見つめながら、

……はは̆ん、この男、おせつに気があるな。

と、察知した。

このところ、源九郎は茂次や孫六から、三太郎が変わった、という話を耳にしていた。

怠け者で、薄汚れた掻巻にくるまって寝てばかりいた男が、朝早く起きて顔を洗い、身装も小綺麗にして連日芝へ出かけ、銭を稼いでいるというのだ。

……暮らしぶりが変わったのは、おせつのせいらしい。

と、源九郎は気付いた。

おせつに自堕落な暮らしは見せたくないのであろう。それで、一人前に働く気になったのではあるまいか。

源九郎は、三太郎にとっていいことではないか、と思い、冷やかすようなことはしなかった。

「では、三人で行こう」

そう言って、源九郎が立ち上がろうとすると、

「華町さま」

と、おせつが思いつめたような顔で言った。

「兄さんを殺した下手人は、分かったんでしょうか」

「それがな、目星もつかんようだ」

房吉が殺され、葬式が終わるとすぐ、村上の手先の岡っ引きたちが長屋の住人から聞き込んだり、房吉を使っていた岡蔵《おかぞう》という棟梁のところへ行って調べたりしたらしい。

源九郎は顔見知りの栄造《えいぞう》という岡っ引きに、それとなく訊いてみたが、まだ下手人の目星もつかないということだった。

「あ、あたし、くやしくって……」

おせつは声を震わせて言った。

いっとき、おせつは目尻をつり上げて虚空を睨むように見すえていたが、源九郎に顔をむけると、

「あたし、兄さんの敵を討ちたい」

と、絞り出すような声で言った。

その目に、娘とは思えないような怨念の炎が宿っていた。蒼ざめて目をつり上

げた顔には、悽愴《せいそう》さがある。

「うむ……」

おせつの気持は分かるが、敵を討つのは容易ではない。それに、相手がだれかも分かっていないのだ。

「それに、だれが、どうして兄さんを殺したのかも知りたいんです。そうでないと、あたし、兄さんの前で掌を合わせても何も言えません」

そう言うと、おせつは急に顔をゆがめ、泣きだしそうな顔になった。

だが、おせつは必死で嗚咽に耐え、いっときすると腰を上げて源九郎たちの前を離れた。

おせつは部屋の隅にあったつづらをあけて布袋を取り出すと、それを手にしてふたりのそばにもどってきた。

「華町さま、これで、兄さんを殺した下手人を見つけてください」

そう言うと、おせつは布袋をひらいて、なかにあった物をつかみ出し、源九郎の膝先に置いた。

銭だった。ほとんど鐚銭《びたせん》だったが、いくつか一朱銀もまじっていた。

「これは？」

「兄さんが、働いて貯めたものです。あたしの嫁入りのとき、銭がいるだろうって……」

おせつは、急に言葉につまった。嗚咽が込み上げてきたようだ。

源九郎は何も答えず、凝《じっ》としていた。答えられなかったのである。おせつから銭をもらうわけにはいかなかったが、おせつに敵を討たせてやりたい気持はあった。だが、下手人を探し出すだけでも容易ではない。それに、相手が何者であれ、町人の娘であるおせつが敵を討つなど無理である。

源九郎が戸惑っていると、ふいに、脇から三太郎が手を出した。

「あっしは、いただきやす。ただし、一文だけ」

そう言うと、三太郎は一文だけ握りしめ、

「おせつさん、あっしがかならず、下手人を探しやす」

と、声を強くして言った。

三太郎も必死らしい。いつもは袋から空気の洩れるような声で話すのだが、その声には力強いひびきがあった。それに、ふだんの垂れ目もつり上がって、威勢のいい若者の面《つら》に豹変している。

「分かった、手を貸そう」

源九郎は、菅井と茂次、それに孫六の分もな、そう言って、四文手にした。源九郎はいつも菅井たちと協力して長屋の事件にかかわってきたのである。

「ありがとうございます」

おせつは畳に両手をついて、這いつくばうように頭を下げた。

「わしらに、頭など下げんでいい。わしらは、同じ長屋の住人ではないか」

源九郎が諭すように言うと、おせつは顔を上げた。

「それで、おせつさん、下手人に何か心当たりはないのか」

と、訊いた。房吉は追剝ぎや辻斬りに遭ったのではない。何か理由があって殺されたはずなのだ。

「それが、何もないんです」

おせつが、眉宇《びう》を寄せて言った。

「房吉が殺される前、何か変わったことはなかったのか」

「思い当たることは……」

ない、というふうに、おせつは首を横に振った。

「だれか訪ねてきたとか、房吉が怯《おび》えていたとか」

源九郎がそう訊くと、おせつはいっとき虚空に視線をとめていたが、そういえば、と言って顔を上げた。

「殺される二日前の晩、雷が鳴った夜のことです。兄さん、棟梁に酒をご馳走になり、遅く帰ったんです。そのとき、黒い猿のような男を見たと言ってました」

「黒い猿？」

源九郎が訊き返した。

「稲光《いなびかり》が疾《はし》ったとき、板塀の陰から飛び出してきたと言ってました」

その男は、すぐにきびすを返し板塀の陰へ姿を消してしまったという。

「なぜ、猿のように見えたのだ」

「ひどく迅《はや》かったし、背を丸めた格好が猿のように見えたらしいんです」

房吉はおせつに、暗がりだし酔っていたので、はっきりしねえ、と言い添えたという。

「どんな男かいわなかったか、武士か町人かでもいい」

源九郎は、その男が何か事件にかかわっているような気がした。

「そういえば、目の下に黒子《ほくろ》か疣《いぼ》があったようだと言ってました」

「黒子か疣……」

「ええ」

房吉は、ちょうど稲光が疾ったときなので、一瞬、男の顔が浮かび上がったように見えたと話したという。

それから、源九郎はその男のことについてさらに訊いてみたが、男を捜し出す役に立つような話は聞けなかった。おせつもそれ以上のことは聞いてなかったようだ。

六

本所松坂町、回向院のちかくに亀楽《きらく》という縄暖簾を出した飲み屋がある。この店が、源九郎たちの溜まり場だった。

元造《もとぞう》という寡黙な親父とお峰《みね》という婆さんがいるだけの店で、肴は煮しめか漬物ぐらいしかないが、なにより酒が安かった。それに、腰を据えて長時間飲んでいても大声で騒いでも、文句ひとつ言わない。そんな気楽さと安上がりで済むとが受けて、はぐれ長屋の男たちが贔屓《ひいき》にしていたのである。

土間に据えられた飯台のまわりに、五人の男が集まっていた。源九郎、三太郎、菅井、茂次、孫六である。五人はこれまでにも、やくざに脅された商家の用心棒に雇われたり、旗本の内紛に巻き込まれてやむなく無頼牢人を斬ったり、勾引《かどわ》かされた娘を助け出したりしてきた。そんなこともあって、ちかごろは源九郎たちをはぐれ長屋の用心棒などと呼ぶ者もいたのである。

源九郎はおせつとのやりとりを話した後、

「これが、おせつからの依頼料だ」

と言って、ふところの財布から三文取り出し、菅井、茂次、孫六の前に一文ずつ置いた。

三人の男が、お互いの顔を見合わせながら、逡巡するような顔をしていると、

「あっしが、ここの飲み代は払いやす」

と、三太郎が慌てて言い添えた。

すると、孫六が愛嬌のある狸のような顔をくずし、

「飲ませてくれるなら、おれはやるぜ」

と言って、一文を手にした。

孫六は還暦を過ぎた年寄りだが、無類の酒好きだった。

背がまがり、中風をわずらったために左足をすこし引きずって歩く。ただ、現役のころは番場町の親分と呼ばれた腕利きの岡っ引きで、いまでも探索や尾行などは五人のなかで一番だった。

「おれもやる」

茂次が一文をつかむと、

「いいだろう」

と言って、菅井も銭を手にした。

「ありがてえ、これで、おせつさんも喜ぶ」

三太郎が長い顔をさらに長くして、嬉しそうに笑った。

その様子を見た孫六が、おめえが何で喜ぶんでえ、と不審そうな目をむけた。

「とっつァん、いいってことよ。三太郎は独り身だ。それに、おせつさんも独りじゃァねえか。そこまで言えば、分かるだろう」

茂次が肘で、孫六の脇腹をつつくと、

「そういうことかい」

と言って、孫六が口に手をやり、ヒッヒヒヒ……と笑った。

三太郎は顔を赤く染めてもじもじしている。

そこへ、元造とお峰が酒と肴を運んできた。肴はひじきと油揚げの煮付け、それにたくあんだった。

「まずは、一杯」

源九郎がすぐに銚子を取って、菅井についだ。孫六や茂次たちも、お互いにつぎ合い、喉をうるおした後、

「まず、房吉の身辺を洗ってみよう」

と、源九郎が言った。

すると、茂次が、どうも、その黒い猿のようなやつが臭え、と言い出し、

「おれは、そいつを探ってみるぜ」

と、目をひからせて言った。

その夜、五人は二刻（四時間）ちかくも腰を据えて飲み、すっかりいい気持になって亀楽を出た。

外は満天の星空だった。夜陰につつまれた町並の先に回向院の堂塔の黒い輪郭がかすかに見えた。町筋は寝静まり、ひっそりと夜の帳《とばり》のなかに沈んでいる。茂次と孫六は肩を抱き合いながら、ときどき下卑た笑い声を上げた。何か卑猥《ひわい》な話でもしているのであろう。菅井はふところ手をして、ひとり飄然《ひょうぜん》と歩いている。

「旦那、あれから浜乃屋に行ってみやしたか」

三太郎が小声で訊いた。

「一度だけな」

源九郎は三太郎といっしょにおせつを連れて浜乃屋に出かけ、お吟に事情を話したのだ。

お吟はおせつに同情し、喜んで店で雇うことを承知してくれた。

その後、おせつの様子を見るためもあって、源九郎は浜乃屋に足を運んでいたのだ。

「慣れない仕事で、つらいんじゃァないかと思って」

三太郎が心配そうな顔をして訊いた。

「元気にやってたぞ」

「よかった」

三太郎はほっとしたような顔をした。

「そういえば、おせつが、三太郎のことを訊いてたな」

「な、何て、訊いたんです」

三太郎が、源九郎の前にまわり込んで首を突き出した。

「家族はいないのかとな」

「それで、旦那、どう答えたんです?」

「家の跡を取った兄が両親と暮らしているようだと、おまえに聞いていたことを話したが、悪かったかな」

「い、いえ……。ほかに何か」

「それだけだ。三太郎、気になるなら、浜乃屋へ行ってみたらよかろう」

ちかごろ、真面目に稼いでいるらしいので、浜乃屋で飲むくらいの金は持っているはずである。

「そうしやす」

三太郎は小声で言って、星空を見上げた。星明かりが、三太郎の瓢箪のような長い顔を青白く照らしている。

七

「おとっつァん、夕餉前にはもどってよ」

土間の流し場にいたおみよが、振り返って声をかけた。

「いちいち言わなくても、分かってるよ。餓鬼じゃァねえんだ」

孫六はふて腐れたような顔をして、土間の草履《ぞうり》をつっかけた。

「酒は飲まないでよ。中風によくないんだから」

おみよは、濡れた手を前掛けで拭きながら言った。

「分かった、分かった」

孫六は腹のなかで、酒をやめるくれえなら死んだ方がましだよ、とつぶやきながら外へ出た。

孫六はおみよの実の親だった。おみよが又八といっしょになって間もなく、孫六が中風をわずらって岡っ引きをやめたこともあって、おみよに引き取られたのである。

おみよにすれば、亭主への気兼ねもあって、孫六には遅くまで出歩いたり酒を飲んで帰ったりして欲しくないのだ。

ただ、おみよは親思いの娘だった。酒を飲むな、というのは、亭主の手前だけでなく、孫六の体を気遣っているからでもあるのだ。それというのも、町医者に中風に酒はよくないととめられていたからである。

……おみよに、孫でも生まれれば変わるかもしれねえなァ。

孫六は長屋の路地木戸を出ながら、そう思った。

おみよと又八が夫婦になって数年経つが、まだ子供ができない。口にはしないが、ふたりは子供を諦めたような風もある。

孫六は娘夫婦に子供ができることを願っていた。娘夫婦が喜ぶだろうし、孫六も孫の顔を見たいと思っていたのである。

……おれの孫は、どんなやつかな。

孫六は、生まれてきもしない孫の顔を勝手に思い浮かべながら、竪川沿いの通りを両国へむかって歩いた。浅草諏訪《すわ》町に住む岡っ引きの栄造を訪ねるつもりだったのである。

栄造は孫六が親分として羽振りがよかったころは、まだ売り出し中だったが、いまは浅草、神田界隈では名の知れた親分だった。

孫六ははぐれ長屋にかかわった事件で、栄造といっしょに探索したことがあって懇意にしていたのだ。

孫六は千住街道を歩き、諏訪町に入ると右手の路地へまがった。一町ほど歩くと、通り沿いに勝栄《かつえい》というそば屋があった。栄造が、お勝《かつ》という女房にやらせている店である。勝栄という店の名は、夫婦の名から一字ずつ取ったのである。

孫六は勝栄の暖簾をくぐった。土間の先の板敷きの間で、客が三人、そばをたぐっていた。昼を過ぎてだいぶ経つので、客はすくないようだ。

「ごめんよ」

孫六は板場の方に声をかけた。

すぐに、お勝が顔を出した。子持縞《こもちじま》の単衣《ひとえ》に黒の片襷《かただすき》をかけていた。肘から
あらわになった白い腕が、なんとも色っぽい。

「あら、親分さん」

お勝は愛想笑いを浮かべながら言った。お勝は、孫六が岡っ引きだったことを
知っていて、親分と呼ぶ。

「親分はいるかい」

「待って、すぐ寄越すから」

そう言い残し、お勝は板場へもどった。

すぐに、栄造が顔を出し、濡れた手を首にまわした手ぬぐいで拭きながら孫六
のそばに来た。料理の仕込みでも手伝っていたのだろう。

三十がらみ、肌の浅黒い剽悍《ひょうかん》そうな顔をした男である。

「番場町の、何か用かい」

そう言って、栄造は板敷きの間の上がり框《がまち》に腰を下ろした。客は隅にいたの
で、話を聞かれる心配はなさそうだった。

「なに、てえした用じゃァねえんだ。ともかく、そばを頼まァ」

孫六は、酒はひかえた。遊びに来たわけではなかった。それに、おみよに釘を

刺された手前もある。

栄造は板場にもどり、お勝にそばを頼んでから、また孫六のそばに来て腰を下ろした。

「長屋の房吉のことでな」

孫六は声をひそめて言った。栄造も、長屋に聞き込みにきていた。いまでも事件を探っているはずである。

「かわいそうなことをしたな」

栄造は視線を落とした。

「それで、下手人の目星はついてるのかい」

「それが、かいもく」

いまのところ、房吉が殺されたのを見た者もいないし、下手人らしい男も浮かんでこないという。

「房吉は手間賃稼ぎの大工だったんだがな」

仕事先で、何か揉《も》め事があったのではないかと孫六は思ったのだ。

「房吉を使っていたのは佐久間町の岡蔵という棟梁らしい。おれが当たったわけじゃァねえんでくわしいことは分からねえが、評判のいい大工のようだぜ」

「殺される二日前の晩、房吉は酒を飲んで遅くかえったらしいんだ」

「棟梁に、ごっそうになったそうだよ」

栄造によると、その夜、岡蔵は日本橋に新築する家屋の棟上げが無事済んだので、使っている大工に酒をふるまったのだという。房吉は手間賃稼ぎの大工だったが、岡蔵に雇われることが多く、他の大工たちといっしょに酒を飲んだという。

「その大工のなかに、下手人らしいのはいねえのかい」

「疑わしいのはいねえらしい。大工仲間に揉め事はなかったというし、房吉を恨んでるようなやつもいねえそうだ」

栄造がそう言ったとき、お勝がそばを運んできた。

孫六は話をやめ、お勝が去ってから、

「女はどうだい」

と、訊いた。長屋の者の話によると、房吉は二十歳とのことだった。女がいてもおかしくない歳である。

「女の話は、どこからも出てこねえようだ」

「房吉を殺したようなやつは、どこからも浮かんでこねえってことか」

そう言って、孫六はそばをたぐった。

栄造は黙って、孫六がそばを食い終わるのを待っていたが、箸を置くと、

「番場町の、それにな、町方も、房吉の件ばかりにかまっちゃァいられねえんだ」

と、声をあらためて言った。

「何かあるのかい」

「親分も知ってるだろうが、大倉屋の件よ」

「あれか」

孫六は、日本橋冨沢町の薬種問屋、大倉屋に押し込みが入り、奉公人をふたり殺して七百両もの大金を奪ったという噂を聞いていた。

町方にすれば、大変な事件《やま》だった。町方総出で、探索に当たっているだろう。栄造も房吉の件ばかりかまっていられないということらしい。

「それで、大倉屋に押し入った一味の目星はついてるのかい」

孫六が訊いた。

「それが、木菟《みみずく》一味のようなのだ」

栄造が小声で言って、目をひからせた。

「木菟……！」

孫六は木菟一味のことを知っていた。

三年ほど前に、日本橋石町の呉服屋、松田《まつだ》屋に夜盗が押し入り、店から出ようとした奉公人を三人殺し、千二百両もの大金を奪ったという事件が起こった。その際、一味に縛られた番頭や手代が話したことによると、一味は六人で、みな袋状にした黒布を頭からすっぽりかぶり、目だけ出していたという。その袋状の黒布の両端がとがり、木菟の耳に似ていたことから、木菟一味とか木菟党と呼ばれるようになったのである。

町方は、番頭や手代を殺さなかったのは、顔をすっかり隠していたので、正体がばれる恐れがなかったからであろう、とみていた。事実、その後の町方の必死の探索でも、一味の正体は知れず、ひとりも捕らえることができなかったのである。

ただ、木菟一味の頭目の名は、玄造《げんぞう》と知れた。松田屋の手代のひとりが、賊のひとりが頭目の名を呼んだのを耳にしたのだ。

だが、名は分かっても何の役にも立たなかった。ふだんは、偽名を使っているらしく、岡っ引きたちが執拗《しつよう》に探索したが、玄造と呼ばれる容疑者は出てこなかったのである。

「てえことは、また、木菟一味があらわれたってことか」

「そうだ」

「うむ……」

「それにな、木菟一味は一筋縄じゃァいかねえやつらだ。親分は、喜太郎《きたろう》てえ男を知ってますかい」

「いや、知らねえ」

喜太郎という名に覚えはなかった。

「京橋辺りで、売り出した岡っ引きなんだが、その喜太郎がしつっこく木菟一味を追ってやしてね。……そいつが、半年ほど前、バッサリと」

「斬られたのかい」

「へい、町方のなかには辻斬りに殺《や》られたというやつもおりやすが、あっしは木菟一味に口をふさがれたとみていやす」

「木菟一味に、武家もいるってことかい」

喜太郎が刀で斬られたのなら、武士も一味にいることになる。

「一味かどうか分からねえが、喜太郎を斬ったのは武士にまちげえねえ」

「厄介な一味だな」

房吉の探索がなおざりになるのも無理はなかった。どうしても、町方の探索の目は木菟一味にむけられるだろう。

……こんどばかりは、栄造も頼りにできねえか。

孫六は胸の内でつぶやいた。

# 第二章　三太郎の恋

## 一

長屋は静かだった。男たちが仕事に出かけ、女房連中も朝餉《あさげ》の片付けを終えて、一息ついたころである。

三太郎は流し場で顔を洗うと、座敷にもどり絵筆と紙を用意した。そして、紙の前に端座し、目を閉じておせつの顔を思い浮かべた。

三太郎は、何とかおせつを慰めてやろうと思っていた。言葉だけで励ますより、おせつのために何かしてやれることはないかと考え、おせつの顔を描こうと思いたったのだ。それというのも、三太郎には絵を描くことぐらいしかできなかったのである。

三太郎の脳裏に、おせつの顔がくっきりと浮かんできた。すぐ、目の前におせつが座っているような気がした。色白の美しい顔が、三太郎を見つめて微笑んでいる。

三太郎は、頭に浮かんだおせつの顔を見つめながら、髪、眉、目、鼻……と、紙面に描いていく。人が変わったように顔がひきしまり、目は射るようにするどい。絵筆を握ったときの三太郎は、青瓢簞《あおびょうたん》などと馬鹿にできない凄みさえあった。

三太郎は時間の経つのを忘れた。一心に絵筆をふるっている。最後に、むかし使った岩絵具《いわえのぐ》に膠液《にかわえき》をくわえ、うすく着色して仕上げた。

……できた。

おせつが、やさしそうな目差《まなざ》しで三太郎を見つめている。

三太郎は描いたおせつの顔をいっとき見つめていたが、絵具が乾くと、紙を丸めて手にした。いっときも早く、おせつに絵を渡したかった。

腰高障子をあけて外へ出ると、すでに長屋は暮色につつまれていた。暮れ六ッ（午後六時）は過ぎたらしい。

ひどく腹がすいていた。この間、三太郎は水を飲んだだけで、昼めしも口にしなかったのである。

竪川沿いの通りから大川端へ出て、今川町へむかった。おせつのいる浜乃屋に行こうと思ったのだ。

浜乃屋の掛行灯《かけあんどん》の灯《ひ》が点っていた。戸口ちかくまで来ると、なかから男の濁声《だみごえ》と女の笑い声が聞こえた。笑い声は、お吟らしかった。

なかにおせつがいると思うと、三太郎の胸が、急に高鳴った。そして、入ろうかどうか迷った。絵など持ってきて、おせつは嫌がらないだろうか、子供騙しだと、お吟や客は笑わないだろうか、ふたりだけの場で渡した方がいいのではないか。いろんな思いが交差し、三太郎の足が固まって動かなくなった。

そのとき、ふいに目の前の格子戸があき、赤ら顔の男が出てきた。黒の半纏《はんてん》に股引《ももひき》姿だった。酔っているらしい。戸口につっ立っている三太郎を目にすると、ニヤリと笑い、

「女将、客だぜ」

と、店のなかに顔をむけて大声を上げた。そして、ふらつく足で、三太郎のそばを離れていった。

それで、決心がついた。三太郎は店のなかに入り、格子戸を後ろ手にしめた。

土間の先の座敷に客が三人いた。ふたりは職人らしい風体の男で、もうひとりは商家の旦那ふうの男である。

「あら、三太郎さん、いらっしゃい」

座敷にいたお吟が、三太郎を目にしてすぐに近寄ってきた。

「こ、今晩は」

三太郎は、いそいで店内に目をやった。おせつの姿がない。

「華町の旦那は、いっしょじゃァないの」

先にお吟が訊《き》いた。

「あっしだけで、きやした。……おせつさんは」

「板場にいるけど」

お吟は、三太郎に悪戯《いたずら》っぽい目をむけ、

「おせつさんにご用なの」

と、訊いた。

「い、いいえ、酒を飲ませてもらおうと思って」

三太郎は声をつまらせて言った。すでに、酒を飲んだように顔が赤く染まっている。

「それじゃァ、座敷に上がってくださいな」

「お、奥が、いいんだけど」

三太郎は、源九郎といっしょにきたとき、奥の座敷で酒を飲んだ。ふだんお吟が居間にしている座敷のようだったが、常連の客には使わせるようなのだ。三太郎はふたりきりの場所で、おせつに絵を渡したかったのである。

「いいわよ。すぐに、おせつさんを呼ぶからね」

お吟は、三太郎がおせつに逢いにきたことを察したらしい。奥の座敷に三太郎を上がらせると、おせつを呼んでくれた。

「三太郎さん、いらっしゃい」

おせつは、ちょっと驚いたような顔をして三太郎を見たが、すぐに笑みを浮かべた。ただ、とってつけたような硬い微笑だった。

縞《しま》の小袖に片襷《かただすき》をかけ、紺の前垂れをかけていた。長屋にいたときの悲痛な表情はなかったが、まだ暗い翳《かげ》が顔をおおっている。

「さ、酒と肴《さかな》を」

三太郎は口ごもって言った。絵のことは口にできなかった。

「肴は何にする」

「何でもいい」

「鯖《さば》の味噌煮が、おいしいようだけど」

「そ、それでいい」

三太郎は、肴など何でもよかった。おせつに絵を渡して、喜ぶ顔が見たいのでである。

「待って、すぐ支度をするから」

おせつはそう言い残し、座敷から出ていった。

いっときすると、おせつが酒肴の膳を運んできた。お吟は気を利かせたらしく、座敷に姿を見せなかった。

おせつは三太郎の脇に膝を折ると、すぐに銚子を手にした。おせつも三太郎とふたりだけでいるのを意識してか、いくぶん顔がこわばっている。

「すまねえ」

三太郎は猪口《ちょく》を手にしてついでもらった。手が震えた。上気して、飲まないうちから顔が赤らんでいる。

猪口の酒を一気に飲み干した後、三太郎は思い切って脇に置いておいた絵を手にした。

「み、見てくれ」

三太郎は丸めた紙をおせつの前に突き出した。

「なに、これ」

おせつは怪訝《けげん》な顔をして紙を受け取った。

「描いたんだ、おせつさんを」

三太郎は、顔を真っ赤にして言った。すこし前屈みになった体が、落ち着きなく揺れている。

「あたしを……」

おせつは、紙をひろげた。

目を瞠《みひら》き、食い入るように絵を見つめた。その顔に、桃の花のような赤みがさし、目がかがやいた。おせつの顔をおおっていた暗い翳が拭い取ったように消え、娘らしい華やいだ表情がつつんでいる。

「……上手ね」

おせつは、絵を見つめたまま感嘆の声を洩《も》らした。

「うまく描けなかったけど、おせつさんがこれを見て、すこしでも元気になればと思って……」

一生懸命描いた、という言葉が、喉につまって出てこなかった。

三太郎は嬉しかった。おせつは絵を気に入ってくれたようなのだ。

おせつは、いっとき絵に見入っていたが、三太郎に、ありがとう、と小声で言った。目を潤ませ、涙声だった。おせつを励まそうと必死で描いた三太郎の思いが、伝わったようだ。

おせつはしばらく絵を見つめていたが、ハッとしたような顔をして手にした絵を丸めて膝の脇に置いた。華やいだ表情が消え、おせつの顔を翳がおおっている。おせつは肩を落とし、フッと溜め息をもらした。

「三太郎さん、兄さんのことで、何か分かったの」

おせつが、眉宇《びう》を寄せて訊いた。

長屋にいたときの、悲壮な顔にもどっている。おせつの胸に、兄を殺された恨みと憎悪が込み上げてきたらしい。

おせつの顔を見て、三太郎は浮き立った気持に冷水を浴びせられたような気がした。三太郎の絵が、おせつの胸の内の怨念を忘れさせたのは、ほんのいっときだったのである。

「そ、それが、まだ……」

何も分かっていなかった。三太郎をはじめ源九郎たちは、房吉を手にかけた下手人を追っていたが、何の手掛かりもつかんでいなかった。

三太郎は、これまでに房吉が殺されていた竪川沿いの通りや房吉が働いていた岡蔵の家のちかくで聞き込んでみたが、房吉殺しにつながるような話は何も聞けなかったのである。

「三太郎さん、あたし、どうしても兄さんの敵が討ちたいんです」

おせつは、絞り出すような声で言った。

たったひとりの肉親を奪われたおせつの目には、悲痛と怨念が宿っていた。

「おせつさん、きっと、房吉さんを殺した下手人を見つけだすよ」

三太郎は顔をひきしめて言った。

似顔絵など描いておせつを慰めるより、いまは房吉殺しの下手人を探し出すことが、おせつを助けることになるのだ、と三太郎は思い知った。その夜、三太郎は酒はそこそこにして浜乃屋を出た。酒に酔うような気分にはなれなかったのである。

二

その日、源九郎は日本橋高砂町にある桔梗屋《ききよう》という小料理屋に行ってみた。酒を飲むためではない。房吉が酒を飲んで帰った夜の道筋を歩いてみようと思ったのだ。源九郎は、孫六から大工の岡蔵からの話として、房吉が殺される二日前に飲んだ店は桔梗屋だと聞いていたのである。

源九郎は、おせつが話していた黒い猿のような男のことが気になっていた。その猿のような男が、房吉殺しとかかわっているかもしれない、と思ったのだ。

桔梗屋は大川に通じる浜町堀沿いの通りにあり、米問屋や油問屋などが軒をつらねる一角にあった。

桔梗屋のちかくに酒屋があったので店に入り、奉公人らしき男に、それとなく黒っぽい身装《みなり》の不審者を目にしたことはないか訊いてみた。まさか、黒い猿のような男とは訊けなかったのである。

「知りませんね」

男は怪訝な顔をして首を横に振っただけだった。

源九郎は念のため房吉の風体を話し、半月ほど前の晩に見かけなかったか訊いてみた。

「てまえどもの店は、暮れ六ツ（午後六時）を過ぎればしめますので、どなたが歩いていても分かりません」

男はつっけんどんに答え、取り付く島もなかった。

「手間を取らせたな」

源九郎は男に礼を言って、酒屋を出た。

……黒い猿のような男か。

源九郎は、訊いても無駄だろうと思った。房吉のほかに目撃者はいないだろうという気がしたのだ。何人か見た者がいれば、噂が立つはずである。

源九郎は付近で聞き込むのをあきらめ、房吉が歩いたであろう道筋をたどってみることにした。

辺りに目をやると、桔梗屋から半町ほど歩いたところに浜町堀にかかる高砂橋があった。両国への道筋にある橋である。房吉が相生町へ帰るためには両国へ出たはずなので、その橋を渡ったとみていい。

源九郎は高砂橋を渡り、浜町河岸を両国方面にむかって歩いた。人通りは多かった。河岸のせいか、船頭や船荷を積んだ大八車などが目につく。

しばらく浜町堀沿いの道を歩いた。盗人《ぬすっと》の入った大倉屋のある冨沢町は対岸である。

……そういえば、木菟《みみずく》一味が押し入ったのと同じ夜だな。

源九郎は孫六から大倉屋に押し入った夜盗が木菟一味と呼ばれていることを聞いていた。

その木菟一味が押し入ったのと、房吉が黒い猿のような男を見たのは同じ夜である。

房吉は木菟一味を見たのではあるまいか、と源九郎は思った。

房吉は一味と鉢合わせになり、黒装束の男が雷光に浮かび上がったのを見たのかもしれない。その姿が房吉の目に、黒い猿のように映ったとしても不思議はなかった。もし、房吉が盗人一味を見たのなら、房吉は口封じのために殺されたとも考えられる。

ただ、孫六の話では頭巾が木菟に見えることから、木菟一味と呼ばれているとのことだった。仮に、房吉が黒装束の木菟一味を見たのなら、黒い猿とはいわずに、木菟のようだったと話すのではあるまいか。

それに、おせつの話では、房吉が目にしたのはひとりらしかった。しかも、男は路地から飛び出してきたとも言った。大倉屋は対岸である。大倉屋に押し入った賊がこの通りへ飛び出してきたのを、目にするはずはなかった。

……もうすこし調べてからだな。

源九郎は、黒い猿のような男を木菟一味と決め付けるのは早すぎる気がした。浜町河岸の町筋は、いつもと変わらぬ昼下がりだった。房吉殺しとかかわりがあると思えるようなものは何もなかった。

源九郎は橘町まで出ると、路地を右手に入り、両国へむかった。陽が西の空へまわり、町行く人々がせわしそうに通り過ぎていく。

両国橋を渡り、相生町へ出ると、源九郎は竪川沿いの道を長屋にむかった。前方に竪川にかかる一ッ目橋が見えた。房吉が殺されていた川岸は、橋の半町ほど手前である。長屋はその先になる。

人通りがかなりあった。仕事を終えたぼてふり、子供連れの女房、風呂敷づつみを背負った店者、職人ふうの男などが、行き交っている。ときおり、竪川の川面を荷を積んだ猪牙舟《ちょきぶね》がゆっくりと過ぎていく。見慣れた竪川沿いの風景だった。

源九郎は房吉が殺されていた川岸で足をとめた。土手には蓬《よもぎ》や丈の高い芒《すすき》などが繁茂していたが、そのなかに身を隠していたとも思えなかった。

……下手人は房吉の跡を尾《つ》けてきて、ここで襲ったのではあるまいか。いまは人通りが多いが、夜が更ければ、人影のない寂しい通りになるはずである。

源九郎は、いっとき路傍に佇《たたず》んで考えをめぐらせていたが、その場を離れて長屋へむかった。

暮れ六ッ（午後六時）ちかかった。この時刻なら、孫六がもどっているのではないかと思い、源九郎は自分の住居を通り過ぎて、孫六の住居まで足を延ばした。その後の探索の様子を訊いてみようと思ったのである。

孫六は長屋に帰っていた。

「こりゃァ、旦那、あっしの方から顔を出そうと思ってたところで」

孫六は、すぐに外へ出てきた。

座敷に、繕い物をしているおみよの姿があった。孫六はおみよに話を聞かれたくなかったようだ。

「わしのところに来るか。酒ならあるぞ」

ふたりで飲むぐらいなら、貧乏徳利に残っているはずだった。

「そいつは、すまねえ」

途端に孫六は目尻を下げ、掌《て》で口の端をぬぐった。孫六は酒に目がないのである。

ふたりが源九郎の座敷に腰を落ち着けるとすぐに、茂次が顔を出した。

「おふたりの姿を見かけやしてね。あっしも一枚くわえていただこうかと」

茂次が、源九郎の膝先に立っている貧乏徳利に目をむけて言った。

「三人分はないな。茂次、悪いが亀楽ですこし分けてもらってきてくれ」

源九郎が言った。長屋の源九郎からだと言って元造に頼めば、酒を都合してくれるはずである。

「承知しやした」

そう答えて、戸口から飛び出そうとした茂次を、

「待て」

と言って、源九郎が呼びとめた。

「ついでに、菅井にも声をかけてくれ」

菅井も居合の見世物をしている両国広小路から帰っているはずである。

「三太郎はどうしやす」

「あいつはいい。わしらより、いっしょに飲みたい相手がいるようだ」

源九郎は、このところ三太郎がちょくちょく浜乃屋に出かけていることを知っていた。目的はおせつに逢うためである。

「三太郎も隅に置けねえや」

茂次は、そう言い残して駆け出した。

それから、小半刻（三十分）ほど後、源九郎の部屋に四人の男が車座になっていた。源九郎、孫六、茂次、菅井である。それぞれの膝先には、酒の入った湯飲みが置いてあった。

「では、わしから話そう」

源九郎は、竪川沿いの表店《おもてだな》で聞き込んだことや桔梗屋に出かけ、房吉が酒を飲んで帰った夜の道筋を歩いてみたことなどを話した。

「だがな、房吉殺しにつながるようなことは、何もなかった」

源九郎はそう言って、膝先の湯飲みを手にして喉をうるおした。

「次は、あっしが」

と言って、茂次が話した。

茂次は稼業の研ぎ屋をしながら、大工の棟梁の岡蔵の家のちかくをまわり、房吉のことを聞き込んだという。

「房吉の評判は悪くねえ。よく働くし気立てはいいし、仲間の大工からも好かれてたようだ」

茂次は、仲間との諍《いさか》いや喧嘩で殺《や》られたんじゃァねえ、と言い添えた。

茂次の話が終わると、

「次はおれだな」

と言って、菅井が話しだした。

菅井は両国広小路で居合抜きの見世物をすこし早めに終りにして、両国、本所などの遊び人や地まわりなどに話を聞いたという。

「匕首《あいくち》を巧みに遣い、平気で人殺しをするようなやつはいないか、訊いてみたのだ。おれは、房吉を殺したのは素人ではないとみているのでな」

「それで、何か分かったか」

源九郎が訊いた。

「だめだ、無駄骨だった」

菅井は苦虫を噛み潰したような顔で言った。顔をしかめると、悪相がよけい際立って見える。

「とっつぁんは、どうだい」

茂次が孫六に目をむけた。

孫六は湯飲みを手にしたままチビチビやっていたが、

「おれも、何もつかんじゃァいねえが、気になることがある」

そう言って、手にした湯飲みを膝先に置いた。

「なんでえ、気になることとは」

焦《じ》れたように茂次が訊いた。

「木菟一味だ」

孫六は声を低くして言った。すこし顔が赤らみ、目ばかりがギョロギョロしている。

「木菟一味てえのは？」

茂次が訊いた。まだ、孫六は木菟一味のことを茂次と菅井には話してないようだった。

「大倉屋に押し入った盗人だ。おれはよ、房吉が殺される二日前に見た黒い猿みてえな男は、木菟一味じゃァねえかと思ったのよ」

孫六はそう言って、茂次と菅井に目をやった後、木菟一味の人数やこれまでの悪事などをかいつまんで話した。

「そうかもしれん」

源九郎が言った。

どうやら、孫六も源九郎と同じことを思ったようだ。

「町方も頼りにならねえようだ」

孫六によると、栄造たち町方は房吉殺しより木菟一味の探索に追われているらしいという。

「あっしも、しばらく木菟一味を追ってみようと思ってやしてね」

孫六はそう言って、膝先の湯飲みに貧乏徳利の酒をついだ。

それから、孫六、茂次、菅井の三人は半刻（一時間）ほど酒を飲んでそれぞれの部屋へもどっていった。

源九郎はめしも食いたかったが、面倒なのでそのまま座敷に横になって寝てしまった。

三

雲が厚く空をおおっていた。今にも雨の降ってきそうな、鬱陶《うっとう》しい日である。

孫六たちと酒を飲んだ二日後だった。この日、源九郎は朝から傘張りの仕事をし、できた傘をかかえて丸徳に立ち寄った。長屋にはもどらず、そのまま大川端へ足をむけた。行き先は浜乃屋である。

源九郎のところへ顔を出さない三太郎も気になっていたが、それよりお吟だった。浜乃屋で、お吟と親密な様子を見せていた滝島屋菊蔵のことが気になっていたのである。

暮れ六ッ（午後六時）前だった。陽は対岸の日本橋の家並のむこうに沈み、西の空に血を流したような残照があった。

川面は淡い鴇色《ときいろ》に染まり、猪牙舟や屋根船などが夕闇につつまれながらゆったりと行き来している。大川端に人影はすくなかった。足元の汀《みぎわ》へ打ち寄せる川波の音が絶え間なく聞こえてくる。その波音に急《せ》かされるように、源九郎は足早に歩いた。

浜乃屋の掛行灯の灯が店先に落ちていた。店のなかから、男たちの声が賑やかに聞こえてきた。先客が何人かいて、騒いでいるらしい。

源九郎は、格子戸をあけて店に入った。

土間の先の座敷で職人らしい男が五人、酒を飲んでいた。仕事仲間らしく、大声でしゃべったり笑い声を上げたり、小鉢を箸でたたいたりして騒いでいる。

おせつはいたが、お吟の姿は見えなかった。

戸口で源九郎が立っていると、おせつが慌てた様子で近寄ってきた。

「華町さま、いらっしゃい」

おせつは、銚子を手にしていた。飲んでいる男たちに、出すところらしい。

「お吟は」

「女将さんは、奥の座敷に」

そう言ったおせつの顔に、困惑したような表情が浮いた。

「だれか、いるのか」

まさか、病気で臥《ふ》せっているわけではないだろう。となると、奥の座敷を使うような親しい客がいるのである。

「菊蔵さんが……」

おせつが小声で言った。

「そ、そうか」

源九郎はこともなげに言ったつもりだったが、すこし声がうわずった。顔もこわばったにちがいない。

源九郎はその動揺をおせつに見られないよう、すぐに座敷へ上がり、衝立《ついたて》の陰へ腰を下ろした。

おせつは銚子を客に運ぶと、源九郎のそばに来て、

「女将さんを呼びますから」

と言って、奥へ行こうとした。

「いや、いい」

源九郎が慌ててとめ、

「女将もいそがしかろう。まず、酒と肴を頼む」

と、ぶっきらぼうに言った。

いっときすると、おせつが酒肴の膳を運んできた。お吟は、まだ姿を見せない。

源九郎は憮然《ぶぜん》とした顔で、酒肴の膳を前に手酌で飲んでいた。それからしばらくして、お吟が慌てた様子で奥の座敷から出てきた。おせつが、お吟に知らせたらしい。

「旦那、声をかけてくれればいいのに」

お吟は源九郎を上目遣いに見ながら言った。

「いそがしそうなのでな。声をかけるのは悪いと思ったのだ」

源九郎は不機嫌そうに言った。

「菊蔵さんが折り入って話があるというので、奥に入ってもらったんですよ」

お吟が言い訳するように小声で言った。

「ならば、おれにかまわず、菊蔵と話したらどうだ」

源九郎は、折り入っての話というのが気になったが、あえて訊かなかった。

「もう、話はすんだんですよ。さァ、機嫌をなおして、おひとつ」

そう言うと、お吟は身を寄せて銚子を取った。

お吟の脂粉の匂いがした。すこし酔っているのか、首筋と襟の間から見える胸がほんのりと朱に染まっていた。腰の線や尻の膨らみが、何とも色っぽい。むんむんと成熟した女の色香を放っている。

「うむ……」

源九郎は、猪口で酒を受けながら複雑な気持になっていた。

こんないい女を手放せるか、という思いと、自分のような年寄りが、子供を生んだこともない若い女を情婦《いろ》のように扱っていいはずがない、との思いが胸の内でせめぎ合っていた。

「ねえ、旦那、あたしにも一杯、ついでくださいな」

お吟は膳の上に置いた源九郎の猪口を手にすると、肩先を源九郎の胸にあずけるようにして、猪口を差し出した。

「これは、すまぬ」

源九郎は銚子を取った。胸の内の葛藤はともかく、源九郎の顔から不機嫌そうな表情が消え、声にもおだやかなひびきがあった。

お吟は、源九郎の機嫌がなおったと思ったのか、しばらくすると、

「菊蔵さんを、ひとりにしておくわけにもいかないから」

と言って、腰を上げた。

源九郎の顔が、また曇った。酒のせいもあるのか、仏頂面が赭黒《あかぐろ》く染まっている。

しかたなく、源九郎はチビチビと手酌で飲んでいた。そのうち、座敷で飲んでいた五人組が腰を上げた。

おせつに声をかけられ、お吟が慌てて奥から出てきた。お吟は酔っている五人をうまくあしらって店の外に送り出した。

源九郎は、お吟が奥へは行かず自分のそばに来てくれると期待したが、肩透か

しを食った。お吟は、もうすこし、ひとりでやってて、と言い残して、そそくさと奥へひっ込んでしまったのである。

……おのれ、お吟。今夜は帰らんぞ。

源九郎は胸の内で、怒りの声を上げた。

店のなかが、急に静かになった。客がいなくなったので、おせつが源九郎のそばに来て酌をしてくれた。

「どうだ、おせつ、店の仕事には慣れたかな」

源九郎はやさしい声で訊いた。おせつに当たるのは、あまりに大人気ないと思ったのである。

「はい、女将さんがとてもよくしてくれるんです」

そう言って、おせつは口元に笑みを浮かべたが、硬い表情は消えず、目の奥には刺すようなひかりが宿っていた。まだ、おせつの胸の内には、兄を殺された深い悲しみと下手人に対する強い怨念があるようである。

「三太郎は顔を出すのか」

「ええ、ときおり……。三太郎さん、兄さんを殺した下手人を探すと言って、芝からの帰りに訊き歩いてくれてるようなんです」

おせつは、小声で言った。甘いひびきはなかった。おせつにすれば、三太郎との仲より、兄の敵を討つことの方が大事なのだろう。

「そうか、わしや長屋の者も、いろいろ当たっている。いずれ、下手人は分かるだろう」

「ありがとうございます」

おせつは源九郎に頭を下げた。

「だがな、おせつ、下手人が知れたとしても、女のおまえが敵を討つのはな」

源九郎は、容易ではないぞ、という言葉を呑み込んだ。

「あたし、自分の手で、下手人を討とうとは思っていません。あたし、下手人をつかまえたいんです。そうすれば、どうして兄さんを殺したのかも分かるし、お奉行さまが罰してくれるはずです。……それがあたしの敵討ちなんです」

おせつは震えを帯びた声で言った。

「そうだな」

源九郎は、おせつの思いはもっともだと思った。最愛の肉親を理不尽に殺された怨念は、下手人が相応の処罰を受けねば晴れぬだろう。

ふたりがそんな話をしているところへ、お吟が奥から出てきた。お吟だけではない。後ろに男の姿もあった。

滝島屋菊蔵である。

四

菊蔵は、笑みを浮かべて土間の方へ出てきた。絽羽織《ろばおり》に縦縞の単衣《ひとえ》、いかにも内証《ないしょ》のいい商家の旦那ふうである。

菊蔵はすこし前屈みの格好で土間まで来ると、チラッと源九郎の方に目をくれた。菊蔵は源九郎と目が合うと、糸のように目を細め、ちいさく頭を下げた。

源九郎は会釈もしなかった。飲み屋で顔を合わせただけの男に挨拶などされたくない、との思いもあったのである。

菊蔵はお吟に送られて、戸口から出ていった。何をしているのか、お吟はすぐに店にもどってこなかった。

源九郎は苛々《いらいら》しながら、格子戸を睨《にら》みつけていた。

すると、男の濁声が聞こえ、あら、いらっしゃい、というお吟の声が聞こえた。

すぐに格子戸があき、赤ら顔の男がふたり、お吟といっしょに入ってきた。船頭らしい。黒半纏に股引姿である。すでに酔っているらしく、足元がふらついている。どうやら、お吟が戸口にいるところへ顔を出した新たな客らしい。

お吟は、ふたりを土間のつづきの座敷に座らせると、源九郎のそばに来て、

「旦那、奥の座敷へ移ってくださいな」

と、耳元でささやいた。

「うむ……」

源九郎がふて腐れたような顔をして腰を上げないでいると、お吟が、

「旦那に折り入って話があるんですよ」

と、小声で言った。

「面倒だが、話があるなら仕方ないな」

そう言って、源九郎は大儀そうに腰を上げた。

いっときして、お吟がついでくれた酒を飲み干した後、

「それで、話とはなんだ」

と、源九郎が訊いた。

「実は、旦那に菊蔵さんのことで、相談しようと思ってたんですよ」

お吟は、顔をこわばらせて言った。ひどく真剣である。浮いた話ではなさそう

である。

「な、何のことだ」

「菊蔵さん、あたしに別の店を持たないかって」

そう言って、お吟は上目遣いに源九郎を見た。思い悩んでいるような顔である。

「どういうことだ」

咄嗟《とっさ》に、源九郎は菊蔵の狙いが読めなかった。

「佐賀町で料理屋をしている人が、店を売りたいといってるらしいんです。菊蔵さん、あたしにやる気があるなら、居抜きで買ってやってもいいっていうんです」

「な、なに」

源九郎は驚いた。どんな店かは知らないが、料理屋を居抜きで買うとなると、大金であろう。それを、お吟のために買ってやるというのだ。

……だが、ただということはあるまい。

下心があるはずだ。菊蔵はお吟を料理屋を餌に情婦《いろ》にしようというのではあるまいか。

「だ、だが、菊蔵には何か魂胆があるだろう」

源九郎は喉のつまったような声で言った。

「菊蔵さん、何も言わないけど……」

そう言って、お吟は顔を伏せた。

お吟も、菊蔵の胸の内は分かっているのである。何の条件もなしで、料理屋を買ってくれるはずはないのだ。

「うむ……」

源九郎は次の言葉が出なかった。

やはり、菊蔵はただの客ではなかったようだ。お吟は菊蔵の魂胆が分かっていながら迷っているのだ。お吟も菊蔵のことを嫌っていないからであろう。それに、料理屋の女将になるということは、お吟にとっても大きな魅力にちがいない。

「それで、料理屋の名は分かるのか」

あるいは、お吟の気を引くための菊蔵の出任せということもある。

「喜多屋《きたや》さんなの」

「喜多屋……」

源九郎は知らなかったが、お吟は知っているような口振りである。どうやら、菊蔵の出任せではないらしい。

「ねえ、旦那、あたし、どうしよう」

お吟は困惑したような顔をしたが、甘えるような表情もあった。

源九郎との歳が離れているせいか、情をつうじあった仲ではあるが、お吟の源九郎を思う気持のなかには娘が父親にたいするような気持もあるようなのだ。

「ど、どうするって。いい話ではないか」

思わず、源九郎はそう言ってしまった。

本心は、そんな話に乗って欲しくなかったが、源九郎にはそれが口にできない弱みがあった。

娘のようなお吟を、いつまでも縛っておくことはできないと分かっていたし、菊蔵も悪い男ではないような気もしたのだ。それに、貧乏人の源九郎とちがって菊蔵は桁外れに金持ちなのである。

……ただ、妾《めかけ》ということになろうな。

源九郎は、それが気に入らなかった。お吟は、貧しくとも正直で働き者の若者といっしょになってもらいたいと、常々思っていたのである。

「そ、そう……」

お吟は、なぜか急にしぼんだように肩をすぼめ、落胆したような顔をしてうつむいてしまった。

その夜、源九郎は子ノ刻（午前零時）ちかくなって、浜乃屋を出た。お吟は、泊まっていけ、と何度も口にしたが、源九郎はお吟がとめるのを振り切るようにして、深い夜陰のなかに歩きだした。

五

雨がシトシト降っていた。源九郎は座敷に寝転んだまま、ぼんやり戸口に目をやっていた。腰高障子がぼんやり明らんでいたが、土間は夕方のように薄暗かった。長屋も静かだった。ふだんなら、子供の笑い声や女房の甲高い声などが聞こえてくるのだが、嘘のようにひっそりしている。

……どうも、気に入らぬ。

源九郎は、菊蔵のことが気になってならなかった。

金持ちの菊蔵が、お吟を気に入って妾にしたいと思ったことは分かるし、料理屋を買い取って女将にしてやると言い出したのも分かる。お吟のような女は、金だけではその気にならないだろうと踏んでのことだろう。

それにしても、菊蔵にすれば大変な出費である。

源九郎はお吟から話を聞いた後、気になって佐賀町まで足を延ばし、喜多屋を見てみたのである。

喜多屋はなかなかの店だった。名のある老舗《しにせ》とはいかないが、中堅どころの店である。女中も何人かいるし、包丁人も雇っているようだった。この店を居抜きで買うとなると、安くても数百両はかかるだろう。

菊蔵は古手屋の旦那ということだが、それほど金を持っているのだろうか。それに、菊蔵の妙に落ち着いた態度も気になった。古手屋の主人が、気に入った女のもとに通っているだけには見えなかったのである。

……探ってみるか。

そう思いたち、源九郎はむくりと起き上がった。

房吉殺しの探索も行きづまっていた。それに、傘張りをする気分にもなれない。

雨は降っていたが、小雨である。源九郎は傘を手にして、障子をあけた。雲が薄れ、空が明るくなっていた。雨はやみそうである。

源九郎は大川端へ出ると、川下にむかって今川町、佐賀町と歩いた。菊蔵の店である滝島屋は相川町にあるとお吟から聞いていた。相川町は佐賀町の先である。

永代橋のたもとを過ぎ、相川町に入って表店の奉公人に滝島屋を訊くと、川端にある吉田《よしだ》屋という船宿の斜向《はす》かいとのことだった。

吉田屋はすぐに分かった。川沿いの大きな店である。裏手には桟橋があり、猪牙舟が数艘舫《もや》ってあった。

……あれか。

吉田屋の斜向かいに古手屋があった。軒下に滝島屋の屋号の入ったちいさな看板が下がっている。それほど大きな店ではなかった。

源九郎はゆっくりと歩きながら店先を覗いて見た。なかは薄暗く、古着が吊してあり、鍋、釜、瀬戸物など雑多な古物が並んでいた。

奥の帳場らしき座敷にだれか座っているのが見えたが、薄暗く、菊蔵かどうかは分からなかった。客の姿はない。繁盛している店には見えなかった。

……これだけの商いで、料理屋を居抜きで買うほどの金が都合できるものか。

とても、無理だ、と源九郎は思った。

いつの間にか、雨は上がっていた。すぼめた傘を手にして一町ほど歩くと、小《こ》体《てい》な瀬戸物屋があった。戸口に五十がらみの主人らしき男が、暇そうな顔をして立っていたので、話を聞いてみることにした。

「つかぬことを訊くが」

「何でしょう」

男は、胡散《うさん》臭そうな顔をして源九郎を見た。源九郎の風体がみすぼらしい牢人体だったからであろう。

「実は、拙者の娘がな、手跡《しゅせき》指南をしておるのだが、ひょんなことから、この先の滝島屋の主人に声をかけられてな」

源九郎は男が興味を持ちそうな作り話を持ち出した。

「ほう、娘さんが」

男は目をひからせて、源九郎のそばに来た。思ったとおり、話に引かれたらしい。

「主人の名は菊蔵というそうだが、まちがいないかな」

「はい、菊蔵さんで」

「その菊蔵が娘に、手跡指南をする教場を建ててやってもいいと言ったそうなのだ。むろん、下心があってのことであろう」

源九郎がそう話すと、男はニヤリとした。

だが、男は口をひらかず、話の先をうながすように源九郎を見つめている。

「それでな、親としては菊蔵が、どんな男なのか気になってな。こうして、見にきたわけだが、まさか、滝島屋に乗り込んで話を聞くわけにはいかんだろう。それで、ここにな」

「いや、ごもっとも」

男は、なぜか嬉しそうに笑った。

「まず、知りたいのは、菊蔵に妻女がいるのかどうかだが」

源九郎が訊くと、

「いますよ」

と、男は即座に答えた。

「なに、おるのか」

源九郎は驚いて見せた。

「はい、長年連れ添った古女房がね」

男は得意そうな顔をして話しだした。

菊蔵が女房とふたりで滝島屋を始めたのは、十年ほど前だという。それまでは四ッ谷で、古着屋をやっていたらしい。すこし、銭がたまったので、売りに出ていた滝島屋を居抜きで買い取ったとのことである。

女房の名はおもん。四十過ぎで、病気がちらしく家からあまり外へ出なかった。子供はなく、奉公人は助次《すけじ》という三十がらみの男がひとり、それに下働きの爺さんがいるだけだという。

「それにね、ふたりも囲っているらしいですよ」

男は急に声をひそめて言った。

「お、女か」

源九郎が目を剝《む》いて訊いた。

「旦那、男を囲うやつはいないでしょう」

男は呆れたような顔をしたが、顔は笑っている。人のよさそうな源九郎に好感を持ったのかもしれない。

……とんでもない男だ。

と、源九郎は思った。

すでに、菊蔵は妾をふたり囲っているというのだ。その上で、お吟を自分のものにしようというのである。

「ふたりの妾は、どこに囲っておるのだ」

「ひとりは黒江町と聞いてますが、もうひとりは知りません」

「うむ……」

源九郎は苦虫を嚙み潰したような顔をした。

「旦那、菊蔵さんは女好きでしてね。吉原や深川などにも、だいぶ通っているらしいですよ」

「ひどい男だな」

源九郎は腹が立った。女好きは構わんが、お吟に手を出すことは許せぬ、と思った。

「うらやましいが、てまえにでは身が持ちませんよ」

男は口元に好色そうな嗤《わら》いを浮かべた。

「それにしても、金はどう都合しているのだ。わしらのような者が見ても、あの商いで女をふたりも囲うほど裕福だとは思えぬぞ」

源九郎が腹立たしそうに言った。

「旦那が、ご不審を抱かれるのはごもっとも。……実は、古手屋は表向きの商いでしてね。本業は、金貸しなんですよ」

「なに、金貸し」

「はい、それも、深川の料理茶屋や船宿などに、手広く貸し付けてるらしいですよ」

男が声をひそめて言った。

「すると、喜多屋も借金のかたか」

思わず、源九郎が口にした。

「喜多屋さんともうしますと」

「いや、佐賀町の喜多屋という料理屋を、菊蔵が買い取るという噂を耳にしたものでな」

源九郎が、慌てて言い添えた。

「そうかもしれませんね」

男はそう言って、店の奥を振り返った。すこし、話し過ぎたと思ったようである。

「だが、金貸しとなると、恨みも買うだろう」

さらに、源九郎が訊いた。

「それが、評判は悪くないんですよ。阿漕《あこぎ》な取り立てはしないらしいし、それほど金利も高くないそうでしてね。ですが、金貸しというのは、儲かるようですねえ。あれだけ女に金を注《つ》ぎ込めるんですから」

そう言って、男は源九郎をあらためて見て、

「娘さんは、菊蔵さんの囲い者などにしない方がいいですよ」

と、分別臭い顔で言い、首をすくめるように頭を下げて源九郎のそばを離れた。

源九郎は瀬戸物屋から通りへ出た。

……そのとおり、お吟を菊蔵の囲い者などにするものか。

歩きながら、源九郎は胸の内で声を上げた。

六

大川端は暮色に染まっていた。まだ、空は明るかったが、対岸の日本橋の家並は夕闇につつまれ、黒い輪郭だけが見えていた。大川の滔々《とうとう》とした流れは、重い鉛色にかすむ広漠とした江戸湊《えどみなと》までつづいている。

日中雨だったせいか、大川には何艘かの猪牙舟が見えるだけで、他の船影はな

かった。大川端の通りも人影がなく、ひっそりとしている。川面を渡る風音と、汀に寄せる川波の音だけが聞こえていた。

源九郎の気持はふさいでいた。瀬戸物屋の主人から、菊蔵の話を聞いたときは、ひどく腹が立ったが、考えてみれば、自分はいい歳をしてお吟の情夫のような振る舞いをしているではないか。しかも、一銭の金も出していないのだ。菊蔵よりあくどいと言われても反論できない。

……お吟にまかせるより仕方がないか。

と、源九郎は胸の内でつぶやいた。菊蔵のような男の囲い者になるな、とは言えなかったのである。

永代橋のたもとを過ぎ、佐賀町へ入ってしばらく歩いたとき、源九郎は背後に足音を聞いた。

……だれか来る。

それとなく振り返ると、町人体の男が小走りにやってくる。

縞柄の着物を尻《しり》っ端《ぱし》折《よ》りし、手ぬぐいで頰っかむりしていた。右手をふところにつっ込んでいる。

……わしを狙っているのか！

ふところに匕首を呑んでいるようだ。それに、すこし前屈みの格好で迫ってくる姿に異様な殺気があった。動きも敏捷《びんしょう》である。ただ者ではない。身辺に、闇の世界に棲む者特有の陰湿で酷薄な雰囲気が漂っている。

源九郎は刀の鯉口を切った。老いを感じさせる年頃ではあったが、源九郎は鏡《きょう》新明智流《しんめいいち》の達人だった。

男は真っ直ぐ源九郎の背後に迫ってきた。

男との間が五間ほどに迫ったとき、源九郎が後ろを振りむいた。

男の胸元で、匕首がひかった。

ふいに、男が疾走した。獲物に迫る狼のようである。

源九郎は抜刀した。いつもの茫洋《ぼうよう》とした顔が豹変していた。顔がひきしまり、双眸《そうぼう》がひかっている。剣客らしい、凄みのある面《おも》貌である。

男は臆さず、急迫してきた。頬っかむりした手ぬぐいの間から、細い目が見えた。刺すようにひかっている。

「死ね!」

短い声を上げざま、男が匕首を突いた。

すかさず、源九郎は体をひらいて切っ先をかわし、刀身を撥《は》ね上げた。

キーン、という金属音がひびき、男の手にした匕首が虚空に飛んだ。源九郎が匕首を払い上げたのである。

源九郎は撥ね上げた刀身を返しざま、二の太刀を横に払った。一瞬の連続技である。

男の頬っかむりしていた手ぬぐいが裂けて落ちた。源九郎は男の顔を見るため、手ぬぐいを斬ったのである。

一瞬、男は凍りついたように佇立《ちょりつ》し、驚愕と恐怖に目を剝いた。源九郎がこれほどの遣い手とは思ってもみなかったのだろう。

手ぬぐいが落ちたとき、男の顔が見えた。見覚えのない顔だった。三十がらみ、痩せて頰のこけた剽悍《ひょうかん》そうな顔をしていた。右目の下に黒い黒子《ほくろ》のようなものがある。

……やつだ！

源九郎は直感した。

房吉が雷光のなかで見たという黒い猿のような男である。おせつが、目の下に黒子か疣《いぼ》のある男と口にしていたのでまちがいない。おそらく、房吉が見た時は、黒装束だったのであろう。

男は大きく間を取り、

「覚えてやがれ！」

と、捨て台詞を残すと、ふいに走り出した。

足は迅《はや》い。見る間に、濃い夕闇のなかに男の背が溶けていく。源九郎は追わなかった。はじめから追っても、追いつけないことは分かっていた。

源九郎は納刀しながら、あの男が房吉を殺したのかもしれぬ、と思った。あれだけ、匕首を巧みに遣えば、房吉を仕留めるのは容易だったろう。

……それにしても、なぜ、わしを狙ったのだ。

源九郎には狙われる覚えがなかった。金や恨みとも思えなかった。となると、口封じか、それとも源九郎の探索をやめさせようとしたかである。どうやら、源九郎も房吉と同じ男に狙われたようだ。

……このままでは、すむまいな。

そうつぶやいて、源九郎は大川端を歩きだした。

七

……てえした腕だ。

孫六が感心してつぶやいた。

孫六は両国広小路の大川端にかがんで、菅井の居合抜きを見ていた。菅井の居合抜きの見世物は、口上で客を集め、こけ脅しの長刀を抜いて見せて歯磨や軟膏などを売り付けるのではない。

菅井は田宮《たみや》流居合の達者だった。菅井は白鉢巻きに白襷姿で広小路の隅に立ち、腰に差した三尺余の長刀を抜いて見せる。

気魄を込め鋭い気合を発して、二、三度抜いて見せると、集まった観客は、抜刀の迅さ、鋭さ、みごとな体捌《たいさば》きなどに達人の気魄と凄みを感じて圧倒されるのだ。

そうやって、客の目を引きつけておいて商売を始めるのだ。むろん、いかがわしい品物を売り付けるのではない。菅井は己の居合の腕を売るのである。

菅井は三方《さんぼう》に積んだちいさな竹片を示しながら、

「この竹片はひとつ十文だ。だれか、おれの体にこの竹片を投げてみよ。おれが居合で斬り捨ててみせる。為損《し》じておれの体に当たれば、倍の二十文進呈しよう」

そう客を誘うのだ。

十文では、そばも食えない。為損じても、たいしたことはないと思い、集まった観客のなかには竹片を買って挑戦する者がいるのである。

菅井は客に竹片を買わせてからも巧みだった。客が幾つ投げても、すべて斬り落とすことはできたが、四、五片投げると、ひとつぐらい当たってやった。つまり、四、五十文取って、二十文は返してやるのである。挑戦者の顔を立ててやると同時に、観客におれもやってみようという気を起こさせるためであった。

二刻（四時間）もつづけると、用意した笊《ざる》のなかは一文銭でいっぱいになった。

「今日のところは、これまでだ。また、明日やるからな」

そう言って、菅井は刀を納めた。

いっときして菅井のまわりから人垣が散ると、孫六が近寄ってきた。

「旦那、みごとなもんで」

孫六が目を細めて言った。

「孫六、やってみるか。ただでいいぞ」

「あっしは、遠慮しやす」

孫六は首をすくめた。

「ところで、孫六、何の用だ」

菅井が、白襷を外しながら訊いた。孫六が、半刻（一時間）ほども前から、菅井の商売が終わるのを待っていたのを、菅井は知っていたのである。

「ちょいと、旦那の腕を借りようかと思いやしてね」

孫六は顔の笑いを消して言った。

「何かあったのか」

「まァ、歩きながらお話しいたしやす」

そう言って、孫六が先に立って歩きだした。

「木菟一味を嗅ぎ出すには、盗人仲間に聞いてみるのが手っ取り早いと思いやしてね」

孫六は両国橋の方へむかいながら、話し出した。

岡っ引きをしていた孫六は、これまでに何度も盗人一味を探索していた。捕縛した一味もあるし、逃げられた者もいる。

「万次《まんじ》という渡り中間をしていたやつがおりやす。岡っ引きをしていたころ、こいつを押し込みの嫌疑で洗ったことがありやすが、証《あかし》がなく、お縄にすることができなかったんでさァ。それで、万次をつかまえてたたいてみようと思ったんですがね。あっしは、このざまだし、旦那の手を借りるしかねえと思いやして」

孫六はすこし不自由な左足を手でたたいて見せた。

「だが、簡単には見つかるまい」

「塒《ねぐら》はつかんであるんでさァ」

孫六によると、万次は根っからの博奕好きで、浅草元鳥越町にある賭場に出入りすることが多かったという。

そこで、孫六はここ三日ほど元鳥越町の賭場を見張り、やっと万次の姿を見かけた。孫六は万次の跡を尾け、福井町にある裏店《うらだな》に住んでることをつきとめたのだという。

「華町に声をかけなかったのか」

菅井が訊いた。こうした場合、孫六は源九郎に声をかけることが多かったのだ。

「それが、華町の旦那は、ちかごろ浜乃屋のお吟さんに入れ込んでるようでしてね」

そう言って、孫六が口元にうす嗤いを浮かべた。

「まだまだ、華町にも色気があるってことだな。いいことではないか。孫六も、見習わなければな」

「あっしは、色気より酒でさァ」

孫六は舌先で口のまわりをひと舐《な》めした。

そんな話をしながら、ふたりは賑やかな両国広小路を横切り、神田川にかかる柳橋を渡って浅草へ出た。

陽は西にまわっていたが、まだ日暮れまでには間がある。ふたりは千住街道へ出てしばらく歩くと、左手の路地へ入った。路地の先が福井町である。

孫六によると、万次の住む裏店は通り沿いにあるという。路地をいっとき歩くと、小体な表店が軒を連ねる雑然とした通りになり、長屋の女房と思われる女や子供の姿が多くなった。

「あそこが、長屋の路地木戸で」

孫六が路傍に立ちどまって指差した。

見ると、下駄屋と八百屋の間に路地木戸があった。

「あっしが、覗いてきやす。旦那は、ここで待っててくだせえ」

そう言い残すと、孫六はその場を離れ、路地木戸のなかへ姿を消した。

しかたなく、菅井は路傍に立って孫六がもどってくるのを待った。通行人が菅井にちらちらと目をむけ、不審そうな顔をして通り過ぎていく。子供などは怯《おび》えた顔で、小走りに逃げていった。

無理もない。総髪で頰がこけ、陰気な顔をして立っている菅井は、死神か疫病神を思わせるような風貌の主なのである。おまけに、三尺余もある長刀を帯び、手には三方や竹片をつつんだ風呂敷包みをぶらさげていたのだ。だれの目にも、うろんな牢人に映ったであろう。

菅井が憮然とした顔でいっとき立っていると、孫六が駆けもどってきた。

「旦那、万次はいやしたぜ」

孫六によると、万次は長屋で寝転がっていたという。

「家族はおらんのか」

「独り者《もん》で」

「だが、長屋に踏み込んで押さえるというわけにもいかんな」

部屋へ押し込んで万次を引き出せば、長屋中が大騒ぎになるだろう。そうかといって、路地木戸を見張っていて万次が出てくるのを待つわけにもいかない。路地に身を隠すような場所はないし、通行人が多すぎる。

「賭場のちかくで待ちますかい」

孫六が訊いた。

「やつは、賭場へ行くのか」

「いまどき、部屋でごろごろしてるとなると、賭場ぐれえしか行くところはありませんや」

孫六は確信がありそうな顔で言った。

「そうしよう」

菅井はきびすを返した。いずれにしろ、これ以上路傍に立っていたくなかったのである。

八

賭場は空地や笹藪などがつづく寂しい地にあった。板塀でかこった古い仕舞屋《しもたや》である。元は妾宅だったのかもしれない。裏手に竹藪があり、左右は夏草の繁った空地になっていた。半町ほど離れた場所に裏店があったが、ちかくに民家はなかった。

「そろそろ、姿を見せてもいいころですがね」

孫六が仕舞屋につづく小道に目をやりながら言った。

孫六と菅井は小道のそばの笹藪の陰に身を隠していた。この場に来て、小半刻（三十分）ほど経つ。陽は沈み、辺りは淡い暮色につつまれていた。

ときおり小道を職人ふうの男、遊び人、商家の旦那らしい男などが、仕舞屋へむかって足早に通り過ぎていった。賭場へ行く客である。

ときとともに夕闇が濃くなってきた。まだ、万次は姿を見せない。

「今夜はだめかな」

菅井がそう言ったときだった。

孫六が小道の方に首を伸ばし、

「やつだ！」

と、声を殺して言った。

見ると、小柄な遊び人ふうの男がすこし前屈みの格好で歩いてくる。三十がらみ、色の浅黒い目付きの鋭い男である。着物の裾を尻っ端折りし、ふところ手をして歩く姿に荒《すさ》んだ感じがあった。

「念のため、あっしは後ろへまわりやす」

「よし」

菅井は笹藪の陰から出て万次の前に走った。

ふいに行く手にあらわれた菅井を見て、万次は目を剝いて立ち竦《すく》んだ。咄嗟に、辻斬りと思ったのかもしれない。

「な、なんの用だ」

万次が声を震わせて訊いた。恐怖で、顔が蒼ざめている。

「話を訊きたい」

菅井は左手で鯉口を切り、右手を柄に添えた。万次がおとなしく話すとは思っていなかった。

「藪から棒に、なんでえ。おれは、おめえと話すことなんぞねえや」

言いながら万次は後じさり、逃げ場を探すように左右に目をやった。

万次が菅井の左手の叢《くさむら》に走り込もうとした瞬間だった。

シャッ、という鞘走る音がし、閃光《せんこう》とともに切っ先が万次の首筋に当てられた。一瞬の迅技《はやわざ》である。

「動くと首が飛ぶぞ」

菅井は低い凄みのある声で言った。

「た、助けて……」

万次は首を伸ばしたまま凍り付いたように身を硬くした。

「万次、話を聞くだけだ。おとなしくすりゃァ、旦那も手荒なことはしねえよ」

後ろから近付いた孫六が、声をかけた。

菅井と孫六は、万次を笹藪の陰へ連れていった。賭場の客の通る小道のそばで聞くわけにはいかなかったのである。

「お、おめえは、番場町の」

万次は、孫六と顔を突き合わせて、やっと思い出したようだ。それだけ、孫六の風貌が番場町にいたころとは変わっていたのかもしれない。

「心配《しんぺえ》することァねえ。お上のご用じゃァねえからな」

孫六はおだやかな口調で言った。

「それで、おれに何の用だい」

万次は気を取り直して訊いた。

「冨沢町の大倉屋に押し込みが入《へえ》ったのは、知ってるな」

「ああ……」

「おれは木菟の仕業とみている」

「とっつァん、お上のご用じゃァねえと、言ったじゃァねえか」

万次が不服そうな顔をした。

「わけありでな。お上のご用じゃァねえが、木菟一味のことが知りてえのよ」

「おれは、何にも知らねえぜ」

そう言うと、万次はふて腐れたような顔をしてそっぽをむいた。

すると、脇に立っていた菅井が切っ先を万次の首筋に当て、

「ここで、おまえの首を刎《は》ねてもいいんだぞ」

と、低い声で言った。その不気味な風貌とあいまって、ゾッとするような凄みがある。

「は、話す。知ってることは話す」

万次は声を震わせて言った。

「もう一度訊くぜ。おれたちは、木菟一味のことが知りてえんだ」

孫六が言った。

「木菟一味の噂は聞いてるが、おれは会ったこともねえ」

「一味は六人だ。ひとりぐれえ知ってるだろう」

木菟一味の人数は大倉屋の奉公人が見ているので、はっきりしていた。

「し、知らねえ。嘘じゃァねえ。木菟一味のことは、盗人連中もほとんど知らねえはずだ」

万次はむきになって言った。嘘をついているようにも見えなかった。

「木菟一味とはっきりしなくともいい、それらしいのがいるだろう」

孫六は執拗《しつよう》に訊いた。

いっとき、万次は夕闇の増した虚空を見つめていたが、何か思い出したように顔を上げて、

「そういやァ、伊勢次《いせじ》が妙なことを言ってたな」

と、首をひねりながら言った。

「妙なこととは」

「茅町で飲んだとき、盗人は顔を見られちゃァいけねえ、などと、おれに聞いたふうなことをぬかしゃァがったのよ」

「伊勢次のことをくわしく話してくれ」

孫六の目がひかった。伊勢次が木菟一味とかかわりがあると思ったのかもしれない。

「おれもよく知らねえんだ。賭場で顔を合わせただけだからな」

万次によると、元鳥越町の賭場で隣り合わせ、その夜はふたりとも博奕に勝ってふところが温かったこともあり、茅町の小料理屋に立ち寄ったという。

ふたりとも、自分のことは話さなかったが、万次は伊勢次が口にしたその一言で、盗人だと気付いたという。

「伊勢次の塒は」

孫六が訊いた。おそらく、伊勢次の方も、万次が盗人だと気付いたのだろう。

それで、顔を見られちゃァいけねえ、などと口にしたにちがいない。

「知らねえ。それっきり、伊勢次とも会ってねえんだ」

万次は、すこしむきになって言った。

「ふたりで飲んだ小料理屋は」

「花房《はなぶさ》だよ。お静《しず》ってえ、粋な女将がいる店だ」

「その花房に誘ったのは、おめえか」

「おれじゃァねえ。伊勢次だ。お静とは顔馴染みのようだったぜ」

万次の口元に卑猥《ひわい》な嗤いが浮いた。

「そうかい」

孫六は花房を当たれば、伊勢次の所在が分かるだろうと思った。

それから、孫六はお静や伊勢次の仲間のことなども訊いてみたが、万次は首を横に振っただけだった。

「万次、盗人から足を洗うんだな。そうでねえと、いずれ、獄門台にその首をさらされることになるぞ」

そう釘を刺して、万次を解放してやった。

「おれは、盗人などやっちゃァいねえよ」

万次はそう言って、きびすを返したが、顔はこわばっていた。

# 第三章　好　色

## 一

源九郎は板塀の陰に身を隠し、前方の枝折り戸《しお》に目をむけていた。枝折り戸の先には、こぢんまりした仕舞屋《しもたや》があった。いかにも、妾宅といった感じがする。菊蔵が囲っている女の家のようである。

源九郎は、お吟に菊蔵と別れろ、とは言いにくかったが、菊蔵には女房がいる上に妾《めかけ》もいる事実だけは話しておこうと思った。

そのためにも、瀬戸物屋の主人が話していたことが事実かどうか、自分の目で確かめてみようと思ったのである。

それで、滝島屋を見張り、菊蔵の跡を尾《つ》けて黒江町まで来たのだ。

菊蔵が仕舞屋に入って、半刻(一時間)ほど過ぎていた。菊蔵も妾らしき女も姿をあらわさなかった。

すでに陽は沈み、辺りは淡い暮色につつまれていた。

……今日は泊まるつもりだな。

いまごろ、菊蔵は情婦《いろ》と差し向かいで楽しんでいるころであろう、と思うと、源九郎はつっ立って見張っているのが馬鹿らしくなってきた。それに、腹もへっている。

源九郎はその場を離れて通りへ出ると、近くに一膳めし屋でもないかと思い、通りの左右に目をやった。

そこは富ケ岡八幡宮の門前に通じる表通りから、すこし離れた裏通りだった。小体《こてい》な店や表長屋などが軒を連ね、そば屋や小料理屋などもあった。

源九郎は藪八《やぶはち》というそば屋を見つけて、暖簾《のれん》をくぐった。土間の先に追い込みの座敷があり、数人の客がそばをたぐったり酒を飲んだりしていた。

源九郎は座敷の隅に腰を下ろし、注文を訊《き》きにきた十七、八と思われる小女に酒とそばを頼んだ。

いっときして、小女が酒とそばを運んで来ると、それとなく見てきた仕舞屋の

話をし、

「あの粋な年増には、旦那がいるのかな」

と、訊いてみた。むろん、粋な年増は、源九郎の推測である。

「お峰《みね》さんのこと」

「そうだ」

菊蔵のかこっている女はお峰という名らしい。

「お侍さま、だめですよ。お峰さんには、旦那さんがいるんですから」

と言って、首を横に振って見せた。

「いるのか。それで、ここにも来ることがあるのかな」

さらに、源九郎が訊いた。

「たまに、おそろいで」

そう言って、小女は頰を赤くした。まだ生娘のようだったが、ふたりの閨《ねや》のことでも想像したのかもしれない。

「仲がいいのか」

「うらやましいくらい」

そう言うと、小女は首をすくめて源九郎のそばから離れた。おしゃべりが過ぎたと思ったらしい。

源九郎は手酌で酒を飲みながら、菊蔵はお峰に飽きてお吟に手を出したのではないようだ、と思った。

……あやつ、根っからの女好きらしい。

ふたりの妾ではことたりず、もうひとり増やそうという魂胆なのだ。

源九郎は、やはり菊蔵の正体をお吟に話そうと思った。お吟を菊蔵のような狒々《ひひ》男《おとこ》の慰みものにしたくなかった。

そば屋から出ると、源九郎は大川端へ出た。途中、浜乃屋へ寄るつもりだった。長屋への帰り道だし、今夜は菊蔵も店にはいないはずだった。

浜乃屋の暖簾をくぐると、三太郎の姿が目にとまった。土間のつづきの座敷で、おせつを相手に酒を飲んでいる。

「華町の旦那だ」

三太郎が、首を伸ばして喉のつまったような声を上げた。面長の顔が、赤く染まっている。だいぶ、でき上がっているようだ。

三太郎の声を聞きつけたのか、板場からお吟が顔を出し、すぐに飛んできた。

「旦那ァ、いつくるかと気を揉《も》んでたんですよ」

お吟はすがりつくように身を寄せ、源九郎の手を取った。

「うむ……」

菊蔵がいないせいなのか、この前より待遇がいいようである。

「奥の座敷に入ってくださいな。あたし、旦那に話があるんです」

そう言うと、お吟はすぐに源九郎を奥の座敷に連れていった。いつもとお吟の様子がちがう。お吟の顔には思いつめたような表情があった。

いっとき座敷で待つと、お吟が酒肴の膳を運んできて、そのまま源九郎の脇に座した。心なし、顔がこわばっている。

それでも、お吟は口元に笑みを浮かべて、

「旦那、どうぞ」

と言って、銚子を取った。

「お吟、おれも話があって来たのだ」

源九郎は酒を受けながら言った。源九郎の顔にも上ついた表情はなかった。今夜は、菊蔵のことを話さねばならないのだ。

お吟は源九郎が猪口《ちょく》の酒を飲み干したのを見て、

「旦那から、先に話してくださいな」

と、小声で言った。

源九郎は、大人げないようで気が引けるが、と口にし、

「滝島屋菊蔵のことだ」

と、重いひびきのある声で言った。

「あたしも、菊蔵さんのことで旦那に話したいことがあるの」

お吟は、源九郎を見つめながら小声で言った。

「まず、おれから話そう」

そのとき、源九郎の胸に、お吟はこの店をたたんで菊蔵の世話になりたいと口にするのではないかとの思いがよぎった。それで、ともかく先に菊蔵の正体を話さねばならぬ、と思ったのである。

「あの男は女誑《おんなたら》しだ。女房はいるし、黒江町には妾もいる。その上で、お吟を自分の女にしようとしているのだぞ」

なぜか、源九郎の口から予想もしなかったきつい言葉が飛び出した。顔がいくぶん紅潮している。

お吟は、まァ、と言って、目を剝《む》き、手にした銚子を虚空でとめたまま源九郎を見つめている。

源九郎が激昂するような素振りを見せたのは、めずらしいことだったのだ。しゃべり出して気が昂《たかぶ》ったせいなのか、源九郎は、事実だけを知らせ、後はお吟にまかせようと思っていたことも忘れて、

「お吟、あの男のいいなりになってはならぬ」

と、強い口調で言った。

お吟は手にした銚子を膳に置き、凝《じっ》と源九郎を見つめていたが、

「旦那ァ、菊蔵さんのことを探ったんですか」

と、身を乗り出すようにして訊いた。

「い、いや、お吟のことが心配でな」

源九郎が狼狽《ろうばい》したように声をつまらせて言った。

すると、お吟が急に泣きだしそうに顔をゆがめ、

「嬉しい！」

と言って、源九郎の首に両手をまわしてしがみ付いてきた。

一瞬、源九郎は予期せぬお吟の反応に戸惑ったが、悪い展開ではない。源九郎は、お吟の吐息と弾力のある胸の感触に思わず腕を腰にまわして抱き締めた。

「だ、旦那ァ！」

「お吟！」

年甲斐もなく、源九郎は上ずった声を上げた。

「あたしね、端《はな》から菊蔵さんの話に乗る気などなかったんですよ。あたしが思わせぶりなことを口にしたのは、旦那に、駄目だときつく言って欲しかったからなんです」

お吟は涙声で言いつのった。

……そうだったのか。

かわいい女だ、と源九郎はあらためて思い、お吟の腰にまわした腕に力を込めた。

その夜遅く、源九郎は三太郎と連れ立って浜乃屋を出た。

頭上は満天の星空だった。源九郎の心は星空のように晴れ晴れとしていた。

それでも、源九郎はしかつめらしい顔をして、

「どうだな、おせつとうまくいってるかな」

と、三太郎に声をかけた。

「おせつさんは、殺された房吉さんのことで頭がいっぱいのようです」

三太郎が思いつめたような顔をして言った。

「そ、そうか……」

源九郎は言葉につまった。

　源九郎と三太郎はお吟のことにかまけて、房吉殺しのことがなおざりになっていたが、おせつと三太郎は色恋にうつつを抜かしていたわけではないようだ。

「あっしも、なんとか下手人をつきとめてえと、いろいろ当たってるんですがね。なんにも出てこねえんで」

三太郎は残念そうに言った。

「なに、きっと下手人は知れる。菅井たちも、その気で探っているからな」

茂次も孫六も、探索しているはずだった。

……わしも、お吟にばかりかまってはおれんな。

と、源九郎は胸の内でつぶやいた。

二

「お吟さん、今夜は色良い返事をもらえますかな」

菊蔵はお吟の顔を見るなり言った。

満面に笑みを浮かべ、声もおだやかだった。上物の単衣《ひとえ》に涼しそうな絽羽織《ろばおり》姿で、富裕な商家の旦那といった感じがする。

菊蔵は物腰や物言いはやわらかいが、女の胸の内に強引に踏み込んでくる大胆さを持っていた。女に対する自信かもしれない。

……この人は、女の扱いに慣れている。

お吟は、菊蔵に会った当初からそう感じていた。

料理屋を買ってやる、と言われたときも、あたしを妾にする気だと察知したが、すぐに断わらなかった。

菊蔵の情婦になると分かっていても、喜多屋のような料理屋の女将になることには魅力があったのだ。

だからこそ、源九郎に、菊蔵のいいなりになってはならぬ、と強く言ってほしかったのである。

お吟の望みどおり源九郎は強く言ってくれたし、胸の内も知れた。いまのお吟に迷いはなかった。

「菊蔵さん、ともかく奥の座敷に」

お吟は、菊蔵にはっきり断ろうと思った。

「それでは、酒と肴《さかな》をお願いしますかね」

そう言い置いて、菊蔵は奥の座敷へむかった。

お吟は酒肴の膳を運び、菊蔵の脇に座って銚子を取った。

「一杯、どうぞ」

「そうですか、では」

菊蔵はおだやかな顔で、猪口を手にした。

お吟はすぐに言い出さなかったが、猪口の酒を飲み干した菊蔵が、

「お吟さん、どうです」

と、小声で訊いた。口元に笑みを浮かべていたが、お吟を見つめた目は笑っていなかった。細い目の奥に、お吟の胸の内を探るようなひかりが宿っている。

「喜多屋さんの話、なかったことにして欲しいんですけど」

お吟ははっきりと言った。

菊蔵は虚を衝かれたような顔をしてお吟を見つめていたが、

「それはまた、どうして」

と、静かな声音で訊いた。

口元の微笑こそ消えたが、怒っている様子はなかった。

「あたしには、この店ぐらいが分相応なんです。喜多屋さんの女将なんて、務まりませんから」

お吟は殊勝な顔をして言った。

「そんなことはありませんよ。……それとも、お吟さんには心に決めたお方がおありなのかな」

そう言って、菊蔵はお吟を直視した。

菊蔵の細い目の奥から刺すようなひかりが、お吟にそそがれていた。蛇《くちなわ》のような目だった。お吟は残忍で酷薄な菊蔵の正体を垣間見たような気がして、ぞっとした。

「そ、そんな男《ひと》はいません」

「そうですかな」

「ここは、死んだあたしのおとっつァんとふたりでやってきた店ですから」

お吟は声をつまらせながら言った。ここで、源九郎のことを出すわけにはいかなかったのである。

「まァ、いいでしょう。そのうち、お吟さんの気持も変わるかもしれません。気長に待ちますよ」

そう言うと、菊蔵は猪口を手にしてお吟の前に差し出した。菊蔵はいつものおだやかな表情にもどっていた。

すぐに、お吟は銚子を取って、酒をついだ。ふたりの間にはぎごちない雰囲気があったが、いっときすると馴染みの客と女将の関係にもどった。胸の内はともかく、ふたりともこうした場での振るまいが身についていたからである。

「今夜は、ここまでにしましょうかね」

菊蔵は半刻（一時間）ほどすると、腰を上げた。


その夜、源九郎も三太郎も店に顔を出さなかった。ただ、客は多く、お吟もおせつもいそがしく立ち働いた。

四ツ（午後十時）ちかくなってから、ふたりの男が店に入ってきた。ふたりとも初めての客である。黒の半纏《はんてん》に股引姿で、職人か船頭のように見えた。ひとりは三十がらみで痩身、顎のとがった男だった。もうひとりは二十代半ば、小太りで丸顔である。ふたりには、酒を飲みにきた男の陽気さがなかった。目付きが鋭く、身辺に陰湿な感じがただよっている。

ふたりは、座敷の隅の衝立《ついたて》の陰に腰を下ろし、お吟に酒と肴を頼んだ。黙り込んで、店のなかに目をやっている。

お吟が酌をしようと、三十がらみの男の脇に座って銚子を取ると、

「女将、板場にもだれかいるのかい」

と、くぐもった声で訊いた。

「ええ、腕のいい料理人がいますよ」

お吟が答えると、男は、

「そうかい」

と言っただけで、黙ってしまった。

取り付く島もなかったので、お吟はふたりに酒をつぐとすぐにその場を離れ、ふたり連れの大工のそばにいって酌をした。

お吟は不安になり、それとなくふたりの様子をうかがっていたが、半刻（一時間）ほどすると、ふたりは腰を上げ、渋る様子もなく銭を払い、

「いい店だ、また、来るぜ」

と言い残して、出ていった。

お吟はほっとして、夜陰のなかに遠ざかっていくふたりの黒い後ろ姿を見送った。

三

　お吟に菊蔵の正体を話した二日後、源九郎は浜乃屋の暖簾を分けて店の外へ出た。この夜、源九郎はお吟と差し向かいで気持よく飲むことができた。

　夜陰のなかで、蛙の鳴き声が聞こえた。ちかくの堀ででも鳴いているのだろう。

「蛙の鳴く季節か」

　源九郎がそうつぶやくと、お吟が、

「早いわねえ。大川の川開きもすぐだし……」

　と、しみじみした口調で言った。

　大川の川開きは、五月（旧暦）二十八日。この夜、両国では盛大に花火が打ち上げられ、川端や橋上は見物客で大変な賑わいを見せる。この日から、いよいよ本格的な夏の到来である。

　そういえば、夜の大気のなかにも日中の暑熱が残っているような気がした。

「お吟、そのうち、涼み船で花火見物にでも行くか」

　源九郎が夜空を見上げながら言った。

川開きが終わると、大川は屋形船や屋根船などの納涼船で賑わう。花火船も出て、納涼船の客の注文で、花火が打ち上げられるのだ。川風に吹かれながら酒を飲み、船上で花火を観るのはこの上ない贅沢である。

「うれしい」

お吟は声を上げて、源九郎の腕にしがみついた。

「楽しみだな」

そうは言ったが、源九郎に納涼船に乗って花火を楽しむ金などなかった。なんとか工面して、浜乃屋で一杯やるのが関の山なのである。

「また、来よう」

源九郎はそう言い置いて、夜陰のなかへ歩きだした。

頭上に十六夜の月が出ていた。町木戸のしまる四ツ（午後十時）ごろだろうか。静かな月夜で、道筋が青白く浮き上がったように見えていた。家並は夜陰のなかに沈み、人影もなく通りはひっそりとしていた。

源九郎は路地を抜け、大川端へ出た。星空の下に、大川の川面が黒々とひろがっている。さすがにこの時間になると船影はなく、川の流れの音だけが聞こえていた。

不意に、背後で足音が聞こえた。

振り返ると、月光に男の姿が浮き上がったように見えた。黒装束である。足早に迫ってくる姿は黒い狼のように見えた。

武士らしい。黒鞘の大刀を帯びている。左手を鍔元へ添え、地をすべるように急迫してくる。

黒の筒袖に黒のたっつけ袴。顔を黒頭巾でおおっていた。

……できる！

源九郎は遣い手であることを察知した。

全身からするどい殺気を放っていた。中背だが肩幅がひろく、腰が据わっている。疾走する姿にも隙《すき》がなかった。

源九郎はきびすを返して抜刀した。背後から抜き打ちに斬りつけられるのを防ぐためである。

武士は一気に斬撃の間に迫ってきた。まだ抜かない。底びかりのする双眸《そうぼう》が、獲物を狙う狼のようにひかっている。

「何者！」

源九郎が強い口調で誰何《すいか》した。

武士は無言だった。大気が揺れ、黒い疾風のように接近してきた。

斬撃の間境の手前で武士の右手が柄に伸び、ふいに腰が沈んだ。

タアッ！

短い気合とともに、腰元から閃光《せんこう》が疾《はし》った。居合である。

抜き付けの一刀が、袈裟《けさ》にきた。

オオッ、
源九郎は気合とも掛け声ともつかぬ声を発し、刀身を大きく払った。

キーン、という甲高い金属音とともに夜陰に青火が散った。ふたりの刀身がはじき合ったのである。

次の瞬間、武士は、パッと左手に飛んだ。猿《ましら》のような敏捷《びんしょう》な動きである。

大きく間合を取り、武士は平青眼に構えた。一瞬、武士は驚いたように目を剝いたが、すぐに糸のように細くした。

……笑っている。

と、源九郎は思った。

武士の笑いは、敵と対峙した高揚と自信であろう。

源九郎も青眼に構えた。どっしりと腰の据わった構えである。切っ先はピタリと武士の目線につけられている。

武士との間合は三間の余。武士は切っ先を源九郎の腹部につけ、足裏をするようにして間合をつめてくる。切っ先にそのまま腹部を突いてくるような威圧があった。居合だけでなく、抜刀してからの刀法も身につけているようである。

間合がせばまってくるにつれ、武士の全身に気勢が満ち、斬撃の気が高まってくる。

と、ふいに武士がしかけてきた。斬撃の間境の手前から踏み込み、突きと見せて、袈裟に斬り込んできたのである。

源九郎は刀身を払って、その切っ先をはじいた。

刀身をはじき合うと、ふたりは疾風のように交差した。間髪をいれず、ふたりは反転しざま二の太刀をふるった。

源九郎は真っ向へ斬り込み、武士は胴を払った。

次の瞬間、ふたりは背後に跳んで間合をとり、ふたたび青眼と平青眼に構え合った。

武士の黒頭巾が斜《はす》に裂け、左目の上に血の色があった。源九郎の切っ先が浅くとらえたのである。

一方、源九郎の着物の脇腹も裂けていたが、肌まで切っ先はとどかなかったようである。

武士の目がゆがんだ。出血が、左目に入るらしい。

つ、つ、と武士が後じさった。

「勝負はあずけた」

くぐもった声で言うと、武士は反転し、駆け出した。

源九郎は追わなかった。いや、追えなかったのである。胸が高鳴り、喉から荒い息が洩れた。斬り合いのような激しい動きは、息が切れるのである。

……あやつ、何者だ。

武士の剣の構えも太刀《たち》捌《さば》きも覚えがなかった。

源九郎は、匕首《あいくち》で襲った男の仲間ではないかと思った。ここは、滝島屋からの帰りに襲われた場所とそれほど離れていなかったのだ。

あのときの町人体の男も黒ずくめであった。匕首ではかなわぬとみて、剣の遣い手に襲わせたのかもしれない。おそらく何人かの仲間がいるのであろう。

……黒衣の刺客か。

源九郎は身震いした。

得体の知れぬ集団だった。それに、なぜ源九郎の命を狙ってくるのかも、分からなかった。房吉殺しの探索を阻止するために、狙っているのでもなさそうだった。それなら、菅井たち長屋の仲間も襲われるはずなのだ。

……いずれにしろ、あなどれぬぞ。

源九郎は、刀身をだらりと下げたまま男の消えた夜陰を睨《にら》むように見つめていた。

四

浜乃屋には三人の客がいた。だいぶできあがったふたりの船頭と、三太郎である。三太郎は座敷の隅で、おせつに酌をしてもらって飲んでいた。

お吟は、板場の隅の空樽に腰を下ろして一休みしていた。さっきまで、十人ほどの客がいて、いそがしく立ち働いていたのだが、つづけて三組の客が帰り、ひとくぎりしたところだった。

「女将さん、茶漬けでも作りやしょうか」

流し場で、汚れた皿を洗っていた吾助が、手をとめて声をかけた。

吾助は還暦にちかい寡黙な男だった。若いころは老舗《しにせ》の料理屋の包丁人見習いをしていたようだが、博奕に手を出して店をやめさせられたらしい。その後、長い間、日傭取《ひようと》りや紙屑拾いなどをして細々と暮らしていたが、お吟の父親の栄吉と知り合いだったこともあって、栄吉の死後浜乃屋の板場に入ってもらったのである。

黙々と働き、料理の腕もなかなかだった。お吟は浜乃屋がやっていけるのは、吾助のお蔭だと思っていた。

「いいのよ。それより、吾助さん、すこし腰を下ろして体を休めてくださいな」

お吟は、吾助の体を気遣って言った。

「へい、それじゃァ、洗い物を片付けてから」

そう言って、吾助は流し場の水を張った平桶《ひらおけ》のなかに手を入れた。

そのときだった。店の方で、男の怒鳴り声が聞こえ、座敷の談笑がやんだ。つづいて、何かが倒れるような音と客の悲鳴が聞こえた。

お吟は、店に飛び出した。

土間に三人の男が立っていた。ふたりの男に見覚えがあった。一昨夜、店に客として顔を見せた顎のとがった男と丸顔の男である。

ふたりの男の後ろに、肌が浅黒く肉をえぐり取ったように頰のこけている別の男がいた。目の鋭い剽悍《ひょうかん》そうな面構《つらがま》えの男である。男は壁際の薄闇のなかに立ち、すこしうつむいたような格好で店のなかに目をやっていた。

「女将、お礼参りに来たぜ」

丸顔の男が口元に薄笑いを浮かべて言った。

「な、何を言ってるんです」

お吟の声が恐怖で震えた。

三人の男には、凶暴な野犬を思わせるような猛々《たけだけ》しさがあった。

「一昨日、おれたちをこけにしてくれたじゃァねえか」

丸顔の男が言った。

「こけにしたなんて……」

お吟は、他の客と同じように対応したつもりである。

「やい、てめえら、命が惜しかったら、さっさと失《う》せろ！」

丸顔の男が店の客に怒鳴った。

その声に、座敷で飲んでいたふたりの船頭は震えながら腰を浮かし、喉のつまったような悲鳴を上げて土間まで這って出てきた。そのとき、瀬戸物の割れる大きな音がした。慌てた船頭が、膳の端へ膝を当てて銚子や小鉢をひっくり返したのである。

三太郎は蒼ざめた顔で立ち上がり、両手をひろげておせつの前に立った。おせつを守る気らしい。

ふたりの船頭が戸口から外へ逃げ出すと、壁際にいた男が、

「やれ！」

と、指示した。

その声で、顎のとがった男と丸顔の男が暴れだした。座敷に残っていた膳を放り投げ、衝立を蹴倒し、皿や小鉢などを土間へたたきつけた。

「や、やめろ！」

三太郎がひき攣《つ》った顔で、顎のとがった男の肩にしがみつこうとした。

「やろう！　ひっ込んでろ」

男は膝で三太郎の腹を蹴り上げた。

グッ、という呻《うめ》き声を洩らし、前屈みになった三太郎の顔を、男がなぐりつけた。

三太郎の痩せた体がふっ飛び、後ろにあった衝立ごと仰向けに倒れた。三太郎

は這いつくばい、上半身だけ起こしたが、何とも情けない姿である。着物が乱れて半裸になり、ふんどしが股間に垂れ下がっていた。青瓢箪《あおびょうたん》のような顔は鼻血で血まみれになり、ヒイ、ヒイと悲鳴を洩らしている。

「三太郎さん、逃げて！」

おせつが飛び出し、三太郎を抱えるようにして部屋の隅へ引きずっていった。

そのとき、板場から店に顔を出した吾助が、

「み、店を壊す気か！」

と声を震わせて叫び、店へ飛び出そうとした。

「吾助さん、やめて！　殺されるよ」

お吟が吾助の帯をつかみ、必死で引きとめた。

三太郎や吾助では太刀打ちできないことは、お吟にも分かった。

ふたりの男は、手当たりしだいに店を壊しだした。店のなかは凄まじい破壊の音につつまれた。衝立や莨盆《たばこぼん》が壁や土間に投げ付けられ、障子は蹴破られ、瀬戸物は割られた。

お吟たち四人は為す術もなく、店の隅で顫《ふる》えながら男たちの破壊を見ているだけであった。

ただ、店を燃やすつもりはないようだった。座敷の隅にある行灯《あんどん》は避けて、物を投げ付けている。

ふたりの男が店内を目茶苦茶に壊すと、

「引き上げるぜ」

と、後ろにいた兄貴格の男が声を上げた。

「今度だけは、店だけで勘弁してやらァ」

丸顔の男が捨て台詞を残し、三人の男は店から出ていった。

お吟は蒼ざめた顔で呆然《ぼうぜん》と破壊された店を見ていた。その脇で、吾助が土間に座り込み、喘鳴《ぜんめい》のような泣き声を洩らしている。

三太郎は荒壁に背をもたれかけ、ハァ、ハァ、と荒い息をついていた。命にかかわるような傷はないが、殴られた右目の上が腫れ上がり、顔面は鼻血で赭黒《あかぐろ》く染まっている。

おせつが三太郎のそばに立ち、三人が出ていった戸口にひき攣ったような目をむけていた。握りしめた両拳がワナワナと震えている。

「あ、あいつだ……」

と、おせつが絞り出すような声で言った。

「……知っている男がいたのか」

三太郎がかすれた声で訊いた。

「兄さんが稲光のなかで見たやつだよ。目の下に黒子《ほくろ》があった」

「三人のうち、どの男だ」

「後ろにいた男……」

おせつは凍りついたように身を硬くし、頬のこけた男が出ていった戸口を睨んでいた。

五

源九郎は戸口の障子をたたく音で目が覚めた。

「旦那、起きてくれ！」

茂次の声が聞こえた。

身を起こすと、茂次がこわばった顔で戸口に立っている。

障子がうっすらと明らんでいたが、まだ夜は明けきっていない。座敷には夜陰が残っていた。

「何があった」

源九郎は掻巻《かいまき》をはねのけて身を起こした。

「昨夜、男が三人、浜乃屋へ押し込んだようだ」

「なんだと！」

源九郎は飛び起きた。

「盗人《ぬすっと》か」

「それが、嫌がらせらしいんだ」

「嫌がらせだと」

源九郎は、事態が飲み込めなかった。男が三人、嫌がらせのために店に押し込んだというのだが、お吟やおせつは無事であろうか。

「ひどく店が壊されたようだ。それに、飲んでいた三太郎が殴られて、顔が腫れ上がっている」

茂次によると、まだ暗い内に三太郎が茂次の部屋に顔を出し、昨夜の様子を話したのだという。

「それで、お吟やおせつは」

心配なのは、店にいた女ふたりである。

「やられたのは、店だけのようだ」

「ともかく、行ってみよう」

源九郎はいそいで袴をはき、刀を差した。

顔も洗わなかった。幸い、昨夜は着替えるのが面倒なので、単衣のまま寝ていた。袴をはけば、外も歩ける。

行きがけに三太郎の部屋を覗いてみると、仰向けに寝転がって濡れ手ぬぐいで顔を冷やしていた。

「三太郎、どうした」

源九郎が声をかけると、三太郎は身を起こし、

「旦那、面目ねえ」

と言って、土間の方へ這ってきた。

何とも情けない顔をしていた。元結《もとゆい》が切れてざんばら髪になり、右目が腫れ上がって糸のような細い目をしていた。ただ、命にかかわるような傷はなさそうだった。

「お吟とおせつは、無事だな」

源九郎が念を押すように訊いた。

「へい、やられたのはあっしだけで」

三太郎によると、昨夜、浜乃屋で飲んでいると突然三人組が店に入ってきて、お礼参りだといって店を壊したという。

「三人組に見覚えがあるか」

源九郎が訊いた。

「あっしはなかったが、おせつさんが、目の下に黒子のある男だと言ってやした」

「なに！」

やつだ、と源九郎は思った。断定はできないが、大川端で源九郎を襲った男である。房吉が稲光のなかで目撃したと口にした男でもある。

源九郎は、その男がなぜ浜乃屋を襲ったのか、まったく分からなかったが、房吉殺しや源九郎を襲ったこととつながりがあるような気がした。

「後で様子を見による」

と言い残して、源九郎は外へ出た。いまは、いっときも早くお吟とおせつの無事を確かめたかった。

源九郎と茂次は小走りに浜乃屋にむかった。

大川端へさしかかると、川面の先に対岸の日本橋の家並が見えた。辺りは明らみ、通りには早出のぼてふりや出職の職人の姿があった。

行き交う男たちが、すれちがう源九郎と茂次に不審そうな目をむけた。源九郎の慌てた様子を見て、何かあったと思ったようだ。

浜乃屋の格子戸が倒れていた。暖簾も落ちて踏み付けられている。

なかはひどく荒らされていた。衝立、莨盆、破れた障子、食器類などが、足の踏み場もないほど散乱している。

戸口の物音を聞いたのか、お吟が奥の座敷からよろよろと出てきた。

「旦那ァ……」

お吟が泣き声で言った。

髷が乱れ、血の気がなく、憔悴《しょうすい》しきった顔をしていた。一晩中寝ていないのだろう。

「怪我は」

「あたしは、だいじょうぶだけど、店が」

お吟は、源九郎の顔を見て安心したのか、疲労困憊《こんぱい》した顔でその場にへたり込んでしまった。

「おせつは」

「無事ですよ」

「どこにいる」

「奥の座敷に横になってる」

お吟によると、おせつは今朝方まで起きていたが、ひどく疲れた様子だったので無理に寝かせたという。

「吾助は」

「夜が明けてから、帰ってもらったんですよ」

「ひどい荒らされようだが、怪我がなくてよかった」

そう言って、源九郎は上がり框《がまち》に腰を下ろした。同行した茂次は、店のなかを見まわしてから板場を覗きにいった。

六

「それで、三人の男がだれか分かるのか」

源九郎が声をあらためて訊いた。

「覚えのない男なんです。ただ、ふたりは一度、店に……」

お吟が、三人で店を壊しに来た二日前、ふたりだけで来て半刻（一時間）ほど飲んで帰ったことを話し、

「あれは、店の様子を見に来たんですよ」

と、言い添えた。

「すると、初めから店を壊すつもりだったのだな」

狙いは何であろう。お吟やおせつに手を出してないところを見ると、ふたりに対する恨みでもないし、口封じでもないようだ。

……浜乃屋を壊して、何か得るものがあるのだろうか。

源九郎には、思い当たることがなかった。

「それに、おせつさんが、目の下に黒子のある男は、殺された房吉さんが見た男だと言ってましたよ」

「うむ……」

そのことは、三太郎から聞いていた。

よしんば、房吉の見た男であったとしても、浜乃屋の破壊とどうかかわるのか源九郎にはまったくわからなかった。

源九郎が考え込んでいると、

「旦那、どうしよう」

お吟が散乱した店のなかを見まわしながら泣き声で言った。

「二日ほどで、また店がひらけるようにしてやろう」

壊された建具は障子と戸口の格子戸、それに間仕切りの衝立ぐらいだった。散乱している食器類などを片付け、壊された建具類を修復すれば、店がひらけるだろう。

源九郎は長屋の者の手を借りようと思った。長屋には手間賃稼ぎの大工もいれば、半人前だが、建具職人もいる。源九郎が話せば、わずかな手間賃で手を貸してくれるはずだった。

「お吟、後のことはわしにまかせて、ともかく体を横にして休め。おまえが、寝込んだりすれば、店はあけられんぞ」

源九郎がやさしい声で言うと、

「やっぱり、旦那はあたしの思ったとおりのひとだよ」

お吟はそう言うと、座敷に座り込んだまま両手で顔をおおって泣き出した。疲労と不安で涙もろくなっていたのだろう。

そのとき、板場から茂次が顔を出して、

「旦那、板場の方は荒らされていませんぜ」

と、報告した。

「お吟、すぐにもどるからな」

そう言い置いて、源九郎は茂次を連れて浜乃屋を出た。

源九郎たちは長屋にもどると、まず、お熊のところに顔をだした。お熊は助造という日傭取りの女房で四十過ぎ、おしゃべりで出しゃばりだが、根はやさしく困ったことがあると親身になって助けてくれるので長屋の女房連中には好かれていた。お熊が声をかければ、何人かの女房連中も手を貸してくれるはずだ。

源九郎がやくざ者に浜乃屋の店が壊され、お吟が困っていると話すと、

「あたしらも、片付けを手伝ってやるよ」

と言って、すぐにおしゃべり仲間のお妙とおまつに声をかけてくれた。

それから夕方になって、源九郎が大工の手間賃稼ぎをしている忠助《ちゆうすけ》に話し、茂次が建具職の作次郎《さくじろう》に頼んでくれた。

翌朝、はぐれ長屋から奇妙な一行が出立した。武士体の源九郎と菅井、お熊たち女房連中、茂次や忠助などの職人ふうの男たち、それに庄太《しようた》や六助《ろくすけ》など手伝えそうな子供たちもくわわり、おしゃべりをしながら今川町へむかった。

通りすがりの者たちは、どういう関係の一行だろうと首をひねりながら見送った。

浜乃屋は大勢の手伝いで、あっけないほど簡単に片付いた。ただ、障子や格子戸の修復は一日かかるということなので、店をひらくのは明日からということになった。

お吟は店の片付けが終わると、吾助とおせつに頼んでめしを炊いてもらい、長屋の者たちににぎり飯を食わせて労をねぎらった。

「お吟さん、何かあったら、また手伝いにくるからね」

お熊がにぎり飯を頬張りながら言った。

お吟は一時源九郎の部屋で暮らしたことがあり、長屋の者たちとも顔見知りだったのだ。

陽が西にかたむいたころ、大平は長屋にもどり、源九郎、菅井、茂次の三人だけが店に残った。

「このままではすむまいな」

源九郎が、お吟とおせつには聞こえないように小声で言った。

三人組の目的は分からぬが、浜乃屋が商売を始めれば、また店を壊しにくるのではないかと思ったのである。

源九郎の懸念は菅井と茂次にも分かったらしく、腕組みをして考え込んでいる。

いっとき三人は黙り込んでいたが、茂次が、

「いっそのこと、華町の旦那が、店に泊まり込んだらどうです」

と言って、ニヤリと笑った。

「それがいい」

すぐに、菅井が同意した。

「わしが、浜乃屋に泊まり込むのか」

源九郎が戸惑うような顔をした。

「何か、不都合なことでもあるか」

「い、いや、別に……」

源九郎の顔に複雑な表情が浮いた。お吟と一つ屋根で暮らすようなことになれば、いよいよ離れられなくなる。

……わしはいいが、若いお吟はかわいそうだ。

源九郎の胸の内で困惑と浮き立つような気持がせめぎ合っている。

「まさか、おぬし、よからぬことを考えているのではあるまいな」

菅井が源九郎の心底を覗くような目で見た。

「何も考えてはおらぬ」

源九郎は顔をしかめて言った。

「お吟さんとおせつさんのためだ。……なに、おれも、たまには顔を出す」

そう言って、菅井は舌先で唇を舐《な》めた。菅井の目的は酒だった。様子を見に来るついでに、浜乃屋で一杯やりたいのである。

「あっしも、来やすぜ」

すかさず、茂次も言った。

七

「まず、一杯」

菊蔵が銚子を取って、酒をすすめた。

深川黒江町の船政《ふなまさ》という老舗の料理屋である。杯を取って、酒を受けたのは中背の牢人体の男だった。三十半ば、面長でのっぺりした顔をしていた。切れ長の細い目とうすい唇が酷薄な印象をあたえる。

座敷には、もうひとり町人体の男がいた。右目の下に小豆粒《あずき》ほどの黒子があった。浜乃屋を襲った三人のうちのひとりである。

「達五郎《たつごろう》、浜乃屋は、また店をひらいたそうだな」

菊蔵がくぐもった声で言った。いつもの、人のよさそうな笑みはなかった。細い目が蛇のようにひかっている。

町人体の男は達五郎という名のようだ。

「へい、相生町の長屋の連中が大勢押しかけて、店をなおしたようで」

「相生町の長屋とは」

「はぐれ長屋と呼ばれる貧乏長屋でしてね。房吉や華町は、その長屋の住人のようですぜ」

「華町の住む長屋か」

菊蔵が苦々しい顔をした。

「長屋の連中が、浜乃屋に肩入れしているようですぜ」

「華町の差し金かもしれねえ」

菊蔵はいっとき思案するように視線を虚空にとめていたが、銚子を手にして牢人体の男にむけると、

「華町は、だいぶ腕がたつようでございますね」

と言って、男の杯についでやった。

「おれも、あそこまで遣えるとは思わなかった。あの老体で、鏡新明智流の達者だそうだ」

男は、抑揚のない声で言った。

「そうでしょうねえ。菅野《すがの》さまほどの方が、為損《し》じたのですから」

菊蔵が口元にうす笑いを浮かべて言った。

牢人体の男の名は、菅野彦三《ひこぞう》という。菅野の出自は御家人の冷や飯食いだが、子供のころから一刀流中西《なかにし》派の道場に学んで腕を上げた。剣で身を立てるつもりだったが、二十二歳のとき、遊ぶ金欲しさに賭け試合をしたことが道場主に知れて破門になった。それを機に、菅野の暮らしは荒れだした。飲んで町人と喧嘩をしたり賭場で小金を賭けているうちはまだよかったのだが、そのうち金に困って辻斬りや賭場の用心棒までするようになった。

そのころ、菅野には賭場で知り合った室井《むろい》重蔵《じゅうぞう》という遊び仲間の牢人がいた。室井は田宮流居合と据え物斬りの遣い手で、菅野に居合と据え物斬りを手解きしてくれた。

据え物斬りは、罪人の死体などを斬って刀の斬り味を試す術である。

菅野は死体を斬ったり、辻斬りで生きた人を斬ったりするうち、人を斬ること に痛痒《つうよう》を感じなくなった。痛痒どころか、斬殺後に嗜虐《しぎゃく》的な快感さえ感じるよ うになったのである。

菅野の暮らしはさらに荒れ、酒や女に沈殿し、金のためには平気で人を殺すよ うになった。

ある夜、博奕の後、ささいなことがきっかけで激昂した室井が、突然、菅野に 居合で斬りかかってきた。

菅野は無意識に反応した。室井の斬撃をかわし、居合の抜きつけの一刀で室井 を仕留めたのである。酔っていたとはいえ、師である室井を斬ったのだから、菅 野の居合の腕は本物だった。

菅野は一刀流の剣と田宮流居合を身につけたことになる。しかも、多くの人を 斬って磨いた実戦の剣である。

室井を斬った後、菅野はますます陰湿で残虐になり、江戸の闇の世界では、人 斬り彦三と呼ばれて恐れられるようになった。

そして、三年ほど前、菅野は賭場で達五郎に声をかけられ菊蔵と知り合ったのである。

「それで、浜乃屋はどうしますかい」

達五郎が訊いた。

「店に火を点けて、お吟の体に傷をつけては元も子もないし……。何か、別の手を考えますか」

菊蔵はつぶやくような声で言うと、杯を口に運んだ。

「だいぶ、お吟という女にご執心のようだな」

菅野が杯に手酌でつぎながら言った。

「はい、てまえは女だけが道楽でしてね。こうして危ない橋を渡っているのも、女のためなんですよ。これと睨んだ女は、どうしても自分のものにしたいんです。……菅野さまの人斬りと同じで、体が女を欲しがってどうにもならないんですよ」

菊蔵はそう言うと、目を細めて笑った。自分の淫蕩《いんとう》な性癖をおもしろがって話しているようなふうがある。

「女など、金さえあれば、いくらでも楽しめようが」

そう言って、菅野は杯の酒を飲み干した。

「金で買う女もいいが、あまり男を知らない女のほうが楽しみが深いんです。お吟は熟れた桃のようです。しかも、金にもなびかない。囲うならお吟のような女ですよ」

菊蔵は目を細めて楽しげに話した。

「それにしても、お頭、お吟は華町と昵懇《じっこん》のようですぜ」

達五郎が言った。

「分かってますよ。だからこそ、なんとか華町を始末して欲しいと頼んでるんじゃァないですか。それに、華町たちは、房吉を殺した下手人を探してるんですよ。華町を生かしておいちゃァ、達五郎も困るんじゃァないのか」

菊蔵はすこし苛立《いらだ》ったような口吻《こうふん》でそう言うと、杯を口に運んだ。

「分かっておりやす」

達五郎は顔をしかめた。

いっとき、三人は口をつぐみ、それぞれ手酌で杯をかたむけていたが、

「菅野さま、手に余るようなら何人かで取り囲んで仕留めたらどうです」

と、菊蔵が言った。

「いや、助太刀はいらぬ。華町はかならずおれが仕留める」

菅野が低い凄みのある声で言った。

八

翌朝、いったん源九郎は長屋にもどった。とりあえず、有り金と着替えの単衣だけでも用意しようと思ったのである。

腰高障子をあけると、座敷に三太郎の姿があった。ひとりぽつねんと座敷に座っている。源九郎を待っていたようだ。三太郎の膝先に何か描かれた数枚の紙が置いてあった。

「どうした、顔は痛まぬのか」

源九郎が訊いた。

まだ、三太郎の右目の上はたんこぶのように腫れていた。

「みんなが、浜乃屋で汗をかいてるとき、おれだけ寝てるわけにはいかねえと思い、絵を描いてやした」

「何の絵だ」

三太郎の膝先に置いてあるのが、その絵らしい。

「人相書でして」

「だれの人相書だ」

源九郎は上がり框から座敷に上がった。

「目の下に黒子のある男でして。あっしも、そいつの顔を見てやす」

そう言うと、三太郎は一枚を手にして源九郎に見せた。

頬がこけ、目付きのするどい剽悍そうな面貌《おもて》だった。右目の下に黒子がある。

「やはり、おれを襲った男だな」

三太郎が描いた男は、源九郎を襲った男とそっくりだった。源九郎も頬っかむりしていた男の手ぬぐいを切り落としたとき、顔を見ていたのだ。

「これで、男を探せばいいと思いやして」

「それはいい。この人相書を使えば房吉殺しの下手人も探し出せよう」

三太郎の似顔絵を描く腕は確かだった。以前、長屋の子供が行方知れずになったとき、三太郎の描いた似顔絵を持って長屋の者が探し歩いたことがあった。そのときの似顔絵も子供とそっくりで、おおいに役立ったのである。

「三枚描きやした。菅井の旦那と茂次さん、それに孫六のとっつぁんの分です」

三太郎は三枚を膝先にひろげた。どれも、よく描かれている。男の顔を見ていない菅井、茂次、孫六の三人のために描いたらしい。

「その絵は、三太郎から菅井たちに渡してくれ」

「承知しやした」

三太郎は絵を持って立ち上がった。

三太郎の背を見送った後、源九郎は着替えや手ぬぐいなど当座必要なものを風呂敷につつんで長屋を出た。

妙に気持が浮き立っていた。自然とお吟との暮らしが頭に浮かんでくる。

夕闇につつまれた竪川沿いの道を歩きながら、

……まるで、婿にでもいくようだな。

と、源九郎はつぶやいた。

源九郎が浜乃屋を守るために、しばらく店にとどまると口にすると、お吟は喜んでくれた。ただ、おせつや吾助の手前もあったので、店をしめたら、わしは土間のつづきで寝るつもりだ、と言っておいた。そうは言っても、吾助が帰り、おせつが寝込んでしまえば、ひそかにお吟と肌を合わせることもできるのだ。

源九郎は淫らな空想にふけりながら、大川端をニヤニヤしながら歩いた。

浜乃屋の戸口に暖簾が出ていなかった。妙にひっそりしている。

辺りは濃い夕闇につつまれていた。いつもなら、客の声が聞こえるころなのだが、まだ暖簾も出ていない。

源九郎の顔から笑いが消えた。何かあったのではないかと思い、慌てて格子戸をあけた。

上がり框に、お吟とおせつが蒼ざめた顔で腰を下ろしていた。

「だ、旦那、どうしよう」

お吟が、源九郎の顔を見るなり立ち上がった。

「どうしたのだ」

「吾助さんが」

「吾助が、どうした」

「襲われて大怪我をしたらしいんだ」

お吟が声を震わせて言った。

「なに！」

源九郎は頭から冷水をかけられたような気がした。お吟と一つ屋根の下で暮らすことを考え、うわついた気持でいる間に、敵は次の手を打っていたのだ。

「半刻（一時間）ほど前、お清《きよ》さんが来て知らせてくれたんだ」

お清というのは、吾助の娘である。お清は一度嫁いでいたが、子供ができないのを理由に離縁されられ家にもどっていた。浜乃屋がいそがしいとき、お清に手伝いを頼むこともあり、源九郎とも顔馴染みだった。

そのお清が慌てて店に駆け込んできて、吾助が家を出てすぐふたりの遊び人ふうの男に襲われたことを伝えたのだという。

「吾助は殺されたのか」

「死ぬようなことはないそうだけど、殴る蹴るの乱暴を受け、顔が腫れ上がり右手の骨が折れているそうなんですよ」

「うむ……」

汚い手だ、と源九郎は思った。

店を壊したが、すぐに修復して店をひらいたので、今度はただひとりの包丁人の利き腕を狙ったのである。包丁人がいなければ、料理が出せず、店をひらくことはできない。まさか、お吟が板場に入って料理を作るわけにはいかないし、すぐに包丁人を見つけることもむずかしい。

「困ったな」

源九郎にも、包丁人の当てはまったくなかった。

「包丁人が見つかるまで、店をしめておくより仕方がないよ」

お吟が肩を落として言った。おせつも悲痛な顔で、うなだれている。

それにしても、だれが浜乃屋の商売を妨害しているのであろうか。源九郎は、店を壊した三人の男はだれかに頼まれてやったのだろうという気がした。同業者の妨害とは思えなかったし、お吟を恨んでいるなら、お吟自身に危害をくわえるはずである。

……菊蔵か。

源九郎の脳裏に菊蔵の温厚そうな顔が浮かんだ。

ただ、菊蔵にしても、浜乃屋の商売を妨害しても何も得るものはないような気がした。それとも、浜乃屋がつぶれれば、お吟が菊蔵の誘いを受け入れるとでも思っているのだろうか。

……いずれにしろ、まだ何かが起こる。

と、源九郎は思った。

# 第四章　黒　猿

## 一

掛行灯《かけあんどん》の淡い灯《ひ》が、戸口に落ちていた。小料理屋の花房である。浅草茅町の飲み屋、一膳めし屋、小料理屋などが軒を並べている路地の一角だった。

孫六はちいさな稲荷の祠《ほこら》の陰にいた。そこから、花房の店先が見えるのだ。万次から話を聞き、この場にひそんで五日目だった。まだ、伊勢次らしい男は姿を見せない。もっとも、五日目といっても、夕暮れどきに一刻（二時間）ほどしか見張らなかった日が三日もあるので、長く見張った気はしなかった。

……それにしても、いくじがなくなったもんだぜ。

孫六は夜陰のなかに身を沈めながら、ひとりごちた。

番場町の親分と呼ばれていたころは、一日中張り込むのが当たり前だった。ところが、いまは足腰が痛くなって、半日ももたないのだ。

見張りを始めた最初の日、孫六は花房から出てきた職人ふうの男をつかまえて、伊勢次のことを訊いた。

その男は利根吉《とねきち》といい、伊勢次のことを知っていた。

「伊勢次なら、背のひょろっとした顔の長《なげ》えやつだ」

と、利根吉は教えてくれた。

それで、背のひょろっとした顔の長い男を見張っているのだが、いっこうに姿を見せないのだ。

孫六は花房に乗り込み、お静という女将に話を聞いてみようとも考えたが、情婦《いろ》であるお静が正直に伊勢次のことを話すとは思えなかった。それに、探索に来たことを伊勢次が知れば、姿を消すだろう。それで、ともかく伊勢次を尾《つ》けて塒《ねぐら》をつきとめようと思ったのである。

……今夜も無駄骨かい。

かがみ込んだまま凝《じっ》としているので、腰が痛くなってきた。

孫六が立ち上がって腰を伸ばしたときだった。路地の先にそれらしい人影が見えた。背のひょろっとした遊び人ふうの男が花房の方へ歩いてくる。

……やつだな。

孫六は確信した。顔も長い。弁慶格子《べんけいごうし》の単衣《ひとえ》を尻《しり》っ端折《ぱしょ》りし、肩を振りながら歩いてくる姿に、やくざ者らしい荒《すさ》んだ雰囲気があった。

思ったとおり、男は慣れた手付きで花房の暖簾《のれん》を撥《は》ね上げ、店に入っていった。

……こちとらも、腹ごしらえをしてこようかい。

孫六は、男がすぐに店から出てこないと踏んだ。飲みにきたのなら、すくなくとも一刻（二時間）はいるだろうし、情婦の店に泊まるということも考えられる。

孫六は稲荷の祠の陰から路地へ出ると、ちかくのそば屋に入り酒とそばを頼んだ。元気づけに、一杯だけ飲もうと思ったのである。

しばらくそば屋で時間をつぶしてから、孫六は稲荷へもどった。そして、祠の陰から花房の店先に目をむけた。

孫六が稲荷にもどってから、半刻（一時間）ほど経ったろうか。戸口の格子戸があいて、伊勢次らしい男が姿を見せた。

男は路地をぶらぶらと表通りの方へ歩いていく。

孫六は祠の陰から路地へ出た。男との距離は半町ほど。町屋の軒下や物陰に身を隠しながら巧みに尾けていく。

男は千住街道へ出て、浅草寺の方に足をむけた。

千住街道は賑やかな通りなのだが、さすがに町木戸のしまる四ッ（午後十時）を過ぎると、人影はすくなくなる。ときおり、茣蓙《ござ》をかかえた夜鷹らしい女や足元のふらつく酔客などが通り過ぎていくだけである。

ただ、尾行は楽だった。前を行く男の長身が月光に浮かび上がって、見失うことはなかったし、男は尾行など念頭にないらしく、まったく振り返らなかったからである。

男は浅草御蔵の前を過ぎ、黒江町に入った。そして、道沿いの米問屋らしい土蔵造りの店舗の前を過ぎてすぐ、右手の路地へまがった。

そこは狭い裏路地だった。両側には裏店《うらだな》や古い板塀などがつづいている。路地は暗かったが、月光が家並の間から射し、なんとか道筋をたどることができた。

しばらく歩くと、左右がひらけて急に明るくなった。通り沿いに家屋がなくなったせいである。空地や笹藪などが、路地の左右につづいている。

通りの先で、川の流れの音がした。川面は見えなかったが、大川がちかいらしい。

男は左手の路地をまがり、突き当たりにあった家へ入っていった。古い借家のような家屋である。

……ここだな。

孫六は、伊勢次の塒だろうと思った。

足音を忍ばせ、戸口まで近寄ってみた。かすかに物音がした。床板を踏む音や障子をあける音である。人声はしなかった。

いっときすると、物音は聞こえなくなった。寝たのかもしれない。

……今夜はこれまでだな。

孫六は、その場を離れた。

翌日、孫六はふたたび黒江町に来て、伊勢次らしい男が入った家のちかくで聞き込んでみた。

やはり、伊勢次だった。数年前から借家を借りて住み着いているという。

「近所の者は、こわがって近付きませんよ」

表長屋の八百屋の親父が、顔をしかめて言った。

親父によると、伊勢次は何をして暮らしているか分からず、ときおり人相のよくない男が訪ねてきたりするので、近所の者はかかわりになるのを恐れて避けているという。

「この男を見かけたことはねえかい」

孫六は三太郎から渡された人相書をひらいて親父に見せた。訪ねて来るのは伊勢次の仲間ではないかと思ったのである。

「さァ、覚えはありませんが」

親父は首をひねった。

念のため、孫六は別の店でも人相書を見せて訊《き》いてみたが、人相書の男を見かけた者はいなかった。

……ここから先は、菅井の旦那の手を借りようか。

そう思い、孫六は長屋にもどった。

二

「それで、伊勢次は塒にいるのか」

菅井が訊いた。

「あの手の男は、陽が西にまわるまで家でごろごろしてるもんでさァ」

孫六は口元にうす笑いを浮かべながら言った。

「そうか。ところで、華町は」

「今日も今川町へ行ってるらしいですぜ。何でも、包丁人を探してるそうで」

孫六と菅井は、源九郎から吾助が襲われて怪我をしたことを聞いていた。

「華町はあてにならぬか」

「へい」

「分かった。ふたりでやろう」

菅井は、刀を手にして立ち上がった。

ふたりは伊勢次の住む借家のそばまで来ると、笹藪の陰に身を寄せた。七ツ(午後四時)ごろである。通りに人影はなく、ひっそりとしていた。

「旦那、あっしが様子を見てきやす」

そう言い残し、孫六は笹藪の陰から出ていった。

西陽に照らされた孫六の影が、細い通りから空地の方まで伸びている。孫六は足音をしのばせて戸口まで近付き、引戸に耳を当ててなかの物音を聞いていた。

いっときすると、孫六は格子窓のある側にまわり、そこから家のなかを覗いていたが、すぐにその場を離れ、菅井のいる笹藪の陰にもどってきた。

「おりやすぜ」

孫六が小声で言った。

「ひとりか」

「へい、ひとりだけのようで」

「出てくるのを待つか」

「ひとりなら、踏み込んで押さえたほうが早《はえ》え。それに、家のなかなら他人《ひと》の目を気にせずにすみますぜ」

「もっともだ」

すぐに、菅井は笹藪の陰から出た。

戸口の引戸はあいた。土間の先に障子を立てた座敷があり、その先で畳を踏むような音がした。伊勢次はその座敷にいるらしい。

「孫六、裏手へまわれ」

菅井が声を殺して言った。裏口から逃げるのを防ぐためである。

孫六はうなずき、すぐにその場を離れた。

菅井は両袖をたくし上げ、上がり框《がまち》から踏み込んだ。左手で鯉口を切り、抜刀体勢のまま人のいる気配のする座敷へ近付いていく。

障子のむこうで、瀬戸物の触れ合うような音がした。めしを食っているのか、それとも酒でも飲んでいるのか……。

菅井は障子をあけ放った。

座敷で、伊勢次が貧乏徳利を膝先に置き、酒を飲んでいた。

一瞬、伊勢次は菅井の姿を見て、凍りついたように身を硬くしたが、

「だ、だれだ！」

と、声を上げて、腰を浮かした。

菅井は無言で座敷に踏み込み、右手を刀の柄に添えた。

「やろう！　押し込みか」

叫びざま、伊勢次が手にした湯飲みを菅井に投げつけた。

菅井は咄嗟《とっさ》に上体を前に倒して飛んできた湯飲みをかわし、一歩踏み込みざま腰を沈めて抜きつけた。

シャッ、という鞘走る音とともに刀身が弧を描き、切っ先が伊勢次の喉元にピタリとつけられた。一瞬の迅技《はやわざ》である。

「動くな！」

菅井は切っ先を突きつけたまま凄みのある声で言った。

伊勢次は目を剝《む》き、硬直したようにその場につっ立った。恐怖と興奮とで、体がはげしく顫《ふる》えている。

そこへ、裏手から孫六が走り寄ってきた。

「孫六、こいつを縛り上げろ」

「へい」

孫六は伊勢次の両腕を後ろにまわし、すばやく早縄をかけた。孫六は念のため、岡っ引きのころ使った細引をふところに入れてきたのである。

菅井は伊勢次が縛り上げられたのを見て、刀を納めた。

「て、てめえら、おれをどうしようってえんだ」

畳に座らされた伊勢次が、声を震わせて訊いた。菅井と孫六の正体が分からないのだろう。

「おめえに話を聞きてえだけさ」

孫六が伊勢次を見すえながら言った。

菅井は孫六にまかせようと思った。この手の男の尋問は孫六の方が経験があるだけに、巧みだった。それに、こうした場面になると、孫六の老体に腕利きの岡っ引きのような雰囲気がただようのである。

「何を訊きてえんだ」

「おめえの仲間のことだよ」

「おれに、仲間なんぞいねえ」

伊勢次が吐き捨てるように言った。

「おめえが、木菟《みみずく》一味だということは分かってるんだ」

はたして伊勢次が一味かどうか分からなかったが、何か木菟一味とかかわりがあるだろうと踏んでいた。

「お、おれは、何も知らねえ」

伊勢次はむきになって言った。

そのとき、ふいに菅井が抜刀した。刃唸《はうな》りがした瞬間、ピッと頬から血が飛んだ。菅井のふるった切っ先が、伊勢次の頬の肉を浅く裂いたのだ。

「次は、目をえぐり取るぞ」

菅井が伊勢次を睨《にら》みながら言った。

ただでさえ死神を思わせるような菅井の顔には、ゾッとさせるような不気味さと凄みがあった。顔にかかった総髪の間から底びかりのする双眸《そうぼう》が伊勢次を見すえ、全身に気勢がみなぎっていた。いまにも刀をふるいかねない迫力がある。

伊勢次は震え上がった。

「伊勢次、おれたちは町方じゃァねえ。それに、おめえを恨んでるわけでもねえ。身内が殺されたんだが、木菟一味がかかわっていそうなんだよ。それで、木菟一味のことが知りてえのよ」

孫六はおだやかな声でつづけた。

「話してくれねえか。そうすりゃァ、すぐに縄を解いて、おれたちは出ていく。おめえのことを町方に売ったりもしねえ」

「おれは、木菟一味じゃァねえんだ」

伊勢次が孫六に哀訴するような目をむけて言った。頬から流れ落ちた血が筋を作って固まっていた。血はとまったようである。

「それじゃァ、だれなんだ」

「おれの仲間だった安次郎《やすじろう》が、木菟一味にくわわったらしいんだ。他のことは知らねえ。嘘じゃァねえ」

伊勢次が声を強くして言った。

「もうすこし、くわしく話してくれ」

「安とは、三年ほど前まで組んで仕事をしてたのよ」

伊勢次と安次郎は盗人《ぬすっと》だったという。十年ほど前、飲み屋で知り合い、その後ふたりで組んで奉公人のすくない店や妾宅などに忍び込み、帳場や箪笥の金などを盗んでいた。人を殺《あや》めたり、土蔵を破ったりはしなかった。

ところが、安次郎は賭場で知り合った男の誘いに乗って伊勢次と袂を分かち、木菟一味にくわわった。その後、伊勢次はひとり働きをしているという。

「どうして、安次郎が木菟一味にくわわったことを知ったんでえ《めえ》」

孫六が訊いた。

「一年ほど前、飲み屋で会って話したのよ。そんとき、大金を持ってたので訊くと、木菟一味だとほのめかしたんだ」

「そうか。おめえが、盗人は顔を見られちゃァいけねえ、と万次に話したのは、安次郎の請売りだな」

「そ、そうだ」

伊勢次はきまり悪そうに言った。

「安次郎は、どこにいる」

脇で聞いていた菅井が訊いた。

「深川だと話していやしたが、塒は知らねえんで」

伊勢次によると、いっしょに仕事をしていたころは黒江町の長屋に住んでいたが、木菟一味にくわわるとすぐ長屋は出ていったという。その後の住居《すまい》は訊いても話さなかったそうである。

「安次郎は、どんな面《つら》してるんだい」

孫六は、顔が分かれば探しやすいと思ったのである。

「丸顔で」

「体付きは」

「小太りで、首の短《みじけ》えやつで」

「そうかい」

孫六はそれだけ分かれば、探し出せると思った。

話がとぎれたとき、菅井が、

「木菟一味の頭はだれだ」

と、語気を強くして訊いた。

「木菟の玄造と聞いたことがありやす」

「その玄造の塒は」

頭目の名が玄造であることは、孫六から聞いていた。だが、偽名を使っているらしく、町方が玄造の名で行方を追ったが、何もつかめなかったそうなのだ。

「し、知らねえ。安次郎は仲間のことをしゃべるとおれの命がねえ、と言って、他のことは口にしなかったんだ」

「うむ……」

菅井は苦々しい顔をして口をつぐんだ。

話がとぎれたところで、孫六がふところから人相書を取り出し、

「こいつを、知ってるかい」

と言って、伊勢次の前にひらいて見せた。

いっとき、伊勢次は人相書を食い入るように見ていたが、

「達五郎かもしれねえ」

と言って、顔を上げた。

「その達五郎という男には、目の下に黒子があるんだな」

菅井が念を押すように訊いた。

「へい、ただ、あっしは一度見かけただけなんで」

伊勢次によると、両国広小路の人混みのなかで安次郎とその男が歩いているの

を見かけたという。

伊勢次はふたりのちかくを歩いていたが、ふたりは人混みのため伊勢次に気付かなかった。そのとき、伊勢次は安次郎が、達五郎の兄貴、と呼んだのを耳にしたという。

「それっきりなんで」

伊勢次は首をすくめて言った。

孫六はさらに達五郎のことを訊いてみたが、それ以上のことは知らないらしく、伊勢次は首を横に振るだけだった。

「安次郎と達五郎を見かけたら、知らせてくんな」

そう言って、孫六は伊勢次の縄を解いてやった。

ふたりは、伊勢次を座敷に残したまま外へ出た。

「やつを、逃がしてもいいのか」

菅井が歩きながら訊いた。

「栄造に渡してもいいが、やつがお縄になったことを安次郎が知ると姿を消しちまうかもしれねえ。それに、やつはこそ泥だ。いずれ、お縄を受けることになりまさァ」

孫六が夕闇につつまれはじめた家並に目をやって言った。

三

「三太郎さん、わたしにも絵を描いて」

おせつは、三太郎が人相書を描いたことを聞いていた。

この日の朝、おせつは長屋にもどり、三太郎を見舞うつもりで部屋に立ち寄ったのだ。

「おせつさん、どうするつもりだ」

三太郎が訊いた。

「あたしも、人相書を持って探してみるつもりなの」

「おせつさんが」

思わず、三太郎が聞き返した。

「ええ、長屋のみなさんが、兄さんを殺した下手人を一生懸命探してくれているのに、あたしは何もしてないもの」

おせつは、訴えるように言った。

「でも……」

三太郎は、危険だと思った。下手人がそのことを知ったら、おせつを放っておかないだろう。命を狙うかもしれない。

「それに、しばらく店の仕事もないし」

そう言って、おせつは視線を落とした。浜乃屋がひらけるようになるまで、おせつの仕事もなくなるのである。

「分かった。もう、二枚描くよ」

三太郎は、おせつといっしょに自分も探索にまわろうと思った。男がそばにいれば、下手人も手を出しづらくなるはずだ。それに、日中だけにすれば、それほどの危険はないだろう。

すぐに、三太郎は座敷に絵具と紙を用意し、右目の下に黒子のある男の似顔絵を描き始めた。

絵筆を手にしているときの三太郎は、真剣そのもので顔がひきしまり近寄りがたい雰囲気があった。

おせつは、三太郎のために流し場に立ち、湯を沸かして茶を淹《い》れてくれた。

「できた」

二刻（四時間）ほどすると、二枚の似顔絵が描けた。

「じょうずね。そっくりだわ」

おせつはあらためて二枚の絵を見て、感心したように言った。

「どこを、まわろう」

三太郎が絵具を片付けながら訊いた。

まだ、八ッ（午後二時）ごろだった。遠出をしなければ、探索にまわれるだろう。

「今川町から始めましょう。きっと、この男を見たひとがいるはずだわ」

おせつは、浜乃屋に二度も来ているのだから、近所に男のことを知っている者がいるかもしれない、と言い添えた。

「その前に、腹がへったな。おせつさん、釜に朝炊いためしがあるんだけど」

三太郎は、顔を赤くして言った。出かける前に、おせつとふたりで腹ごしらえをしたかったのである。

「あら、ごめんなさい。気付かなかったわ」

おせつは、茶漬けでいい、と訊いてから、流し場に立った。

三太郎は茶漬けの支度をしているおせつの後ろ姿を見ながら、このままおせつさんがいてくれたら、どんなに幸せだろう、と思った。

それから半刻（一時間）ほど後、ふたりは連れ立って部屋を出た。長屋はひっそりとしていた。陽射しの強い昼下がりで、子供たちも家にいるらしい。

ふたりは、路地木戸のところで長屋にもどってきた茂次と鉢合わせになった。

「よう、おそろいで、どこへお出かけだい」

茂次が冷やかすように訊いた。

「この絵を持って、聞き込んでみようと」

三太郎はふところから折り畳んだ似顔絵を出して見せた。

「おれも、こいつで聞きまわってるんだがな。まだ、何も出てこねえ」

茂次は胸に手をやって言った。すでに、茂次には三太郎から似顔絵が渡してあった。茂次は、それを見せて下手人を探してくれたらしい。

「すいません。すっかりご迷惑をかけてしまって」

三太郎の脇にいたおせつが、頭を下げながら申し訳なさそうに言った。

「いいってことよ。ここの長屋の者は相身互いだ。……ところで、ふたりはどの辺りをまわるつもりだ」

茂次が訊いた。茂次にしてみれば、聞き込みの場所が重ならないようにするつもりだったのだろう。

「今川町から、大川端沿いを」

三太郎がそう言っておせつに目をやると、おせつはちいさくうなずいた。

「それで、華町の旦那は、ふたりが聞き込みにまわることを知ってるのかい」

茂次が訊いた。

「まだ、知らないはずです」

三太郎の返事を聞いて、茂次の顔に戸惑うような表情が浮いたが、

「そうかい、ともかく気をつけなよ」

と、言っただけだった。

「茂次さんも気をつけてください」

そう言って、おせつが頭を下げた。

茂次はその場に立ったまま、路地木戸を出ていくふたりの後ろ姿を見送っていた。その後ろ姿が、いかにも頼りなげに見えた。

……あぶねえなァ。

と、茂次は思った。

三太郎とおせつが、人相書を持って聞き込みをすれば目立つだろう。噂も立

つ。当然、下手人の耳にも入るはずだ。

相手は、すでに房吉を殺しているのだ。ふたりを殺すことに躊躇《ちゅうちょ》しないだろう。

……放っちゃァおけねえ。

茂次はそうつぶやき、ふたりが出ていった路地木戸へ足をむけた。

四

三太郎とおせつは、茂次の半町ほど先を歩いていた。おせつは、三太郎に寄り添うように跟《つ》いていく。ふたりの姿は若夫婦のように見えた。

……どうでもいいが、後ろにも気をくばらねえとな。

茂次は苦笑いを浮かべた。

ふたりは、尾行者のことなど思ってもみないらしく、振り返って見ようともしない。これでは、すぐ後ろにいても気付かないだろう。

三太郎とおせつは大川端を川下にむかい、今川町に入ると、話の聞けそうな通り沿いの表店《おもてだな》に立ち寄った。おそらく、人相書を見せて、目の下に黒子のある男のことを聞き込んでいるのだろう。このとき、茂次も三太郎も、まだ孫六たちから達五郎の名は聞いていなかった。

ふたりは、話の聞けそうな店があると立ち寄り、しだいに川下に足を延ばして今川町から佐賀町へ入った。

陽が対岸の日本橋の家並の先に沈み、淡い残照のなかに永代橋が黒く浮き上がったように見えていた。大川の川面が黒ずみ、通り沿いの町家の軒下や樹陰に夕闇が忍び寄っている。

前を行く三太郎とおせつが、永代橋のたもとちかくまで来たとき、茂次は路傍の樹陰からふたりに目をそそいでいる町人体の男に気付いた。

縞柄《しまがら》の着物を尻っ端折りし、黒の股引《ももひき》姿だった。三十がらみで痩身。職人ふうの男である。茂次は、見覚えがなかった。人相書の男でもない。茂次は表戸をしめた店の軒下に身を寄せて、男の様子をうかがった。

男は遠ざかっていく三太郎たちの後ろ姿に目をやっていたが、その場を離れると小走りに町家の間の路地へ入った。

……仲間を呼びにいったのかもしれねえ。

そう思い、茂次は路地の入口まで走ったが、男の姿はなかった。さらに、別の路地へ入ったらしい。

いっときその場に立って茂次が路地に目をやっていると、ふいに半町ほど先に人影があらわれた。三人いる。遠方で顔までは識別できなかったが、さっき見かけた三十がらみの男はいた。いずれも黒の半纏《はんてん》に黒股引という格好だった。三人は足早に茂次のいる大川端の通りへむかってくる。

……やつら、三太郎たちを狙っている！

と、茂次は察知した。

ただの職人や船頭ではない。三人の動きは敏捷《びんしょう》だし、男たちの身辺に獲物を狙う黒い獣のような雰囲気がある。

茂次だけでは太刀打ちできない。茂次はどうしたものか逡巡したが、浜乃屋に源九郎がいることを思い出した。浜乃屋はここから近い。

……旦那に知らせよう。

すぐに、茂次は走り出した。

三太郎は夕闇につつまれ始めた永代橋に目をやり、そろそろ長屋に帰った方がいいと思った。

すでに、暮れ六ッ（午後六時）を過ぎている。通り沿いの表店も、板戸をしめた店が多くなった。川岸の樹陰に夕闇が忍び寄り、通りの人影もまばらになっていた。大川の流れの音だけが聞こえてくる。

「おせつさん、そろそろ長屋にもどろう」

三太郎が足をとめて言った。

「そうね。日が暮れたし、また、あしたね」

おせつが、ちいさくうなずいた。

ふたりは、大川端を両国の方へ引き返し始めた。

一町ほど歩いたときだった。淡い暮色につつまれ始めた通りに、人影があらわれた。三人。黒ずくめの男たちだった。異様である。獲物を追う三匹の黒い獣のようである。

……黒い猿！

おせつの脳裏に、房吉が口にした言葉がよみがえった。

「あの人たちは」

おせつは、蒼ざめた顔で立ちすくんだ。

「お、おれたちを、狙っているのかもしれねえ」

三太郎も、三人の異様な気配に気付き、顔をこわばらせた。

三人の男は走りながら、ふところから黒っぽい布を取り出して頬っかむりした。顔を隠すつもりのようだ。

「や、やつら、木菟一味だ！」

三太郎が声を上げた。

孫六から聞いていた目だけ出した黒い頭巾でも、黒の筒袖でもなかったが、全身黒の装束だった。それに、盗賊らしい雰囲気がある。

通りには、まばらだが人影がある。一目で木菟一味と分かる格好は避けて、黒半纏と頬っかむりにしたにちがいない。通りすがりの者の目には、職人か船頭に見えるかもしれない。

「逃げられない！」

三人の男は間近に迫っていた。それに、おせつを連れて逃げるのは無理である。

三太郎は恐怖で足がすくんだが、おせつの前に立って両袖をたくし上げた。おせつだけは守ろうと思ったのである。

男たちは走り寄り、川岸を背にして立った三太郎とおせつを取りかこんだ。

「おめえたちは、浜乃屋にいたな」

正面に立った中背の男がくぐもった声で言った。黒い頬っかむりのなかから底びかりする双眸が三太郎を見すえている。

そのとき、三太郎の背後にいたおせつが、

「お、おまえは！」

と、ひき攣《つ》ったような声を上げた。

かすかに右目の下の黒子が見えた。人相書の男である。他のふたりの体軀にも見覚えがあった。浜乃屋を襲った顎のとがった男と丸顔の男である。

「兄さんを殺したのは、おまえだな」

おせつが目をつり上げ、甲高い声を上げた。物言いが男のようだった。目が怨念に燃え、体が憎悪に顫えている。ふだんのおせつとはちがう狂女のような顔をしていた。

「おめえは、だれだ」

黒子のある男が、おせつを見すえながら訊いた。

「房吉の妹のおせつ」

おせつは声を震わせて言った。

「それで、人相書などを持って訊きまわっていたのか。それにしても、どうしておれが房吉を殺《や》ったことが分かったんだ」

「その黒子だよ。兄さんは、殺される前、稲光のなかで目の下に黒子のある男を見たと言ってたのさ」

「そういうことなら、おめえたちふたりは、房吉と同じように始末しねえといけねえなァ」

男は口元にうす嗤《わら》いを浮かべ、ふところから匕首《あいくち》を取り出した。

両脇にいたふたりの男も匕首を抜いた。

「ち、ちくしょう、殺られてたまるか！」

三太郎はおせつの前に立ちふさがったまま身構えた。

だが、腰は引け膝が笑うように震えている。

五

「やれ！」

黒子のある男の声で、顎のとがった男が匕首を手にしてつっ込んできた。

咄嗟に、三太郎はよけたが、男の突き出した匕首の切っ先に着物の肩先を裂かれた。

肩先の肉がえぐられ、血が噴いた。切っ先は肌までとどいていたのだ。

ワアッ、と叫び、三太郎は肩先を押さえて後じさった。それでも、おせつの前から逃げなかった。恐怖で三太郎の頭のなかは真っ白だったが、おせつだけは守りたいという強い思いがあったのである。

黒子のある男はすこし身を引き、丸顔の男と顎のとがった男が、三太郎に迫ってきた。すこし前屈みの格好で、匕首を前に突き出すように構えている。獲物に迫る野犬のような目をしていた。

「やめて！」

おせつが、三太郎の背に身を寄せて絶叫した。

「ふたりそろって、冥途へ送ってやるよ」

黒子のある男がそう言い、ふたりの男がさらに迫ってきた。

そのとき、待て！　という叫び声が聞こえ、駆け寄ってくる足音がした。見ると、男がふたり走ってくる。

源九郎と茂次だった。

三太郎とおせつをとりかこんだ三人の男は、源九郎たちに目をやり戸惑うような表情を浮かべた。

「兄貴、華町ですぜ」

顎のとがった男が言った。

「やつは腕がたつ。こいつらを始末するのは後だ」

そう言うと、黒子のある男はきびすを返して走りだした。ふたりの男も、後を追って駆けだした。

「た、助かった……」

三太郎の腰がふらついた。安堵《あんど》して、力が抜けたらしい。

おせつは、さらに三太郎に身を寄せ、

「三太郎さん、怪我は」

と、声を震わせて訊いた。

さっきのひき攣《つ》ったようなきつい表情は消えていたが、顔は紙のように蒼ざめたままだった。体の顫えも激しくなったようである。房吉を殺した男に対する憎悪にかわり、恐怖が衝《つ》き上げてきたのだろう。

「なに、かすり傷だ」

まだ、肩先から血が出ていたが、浅手である。放っておいても命にかかわるような傷ではなかった。

「よ、よかった」

おせつは、ほっとしたように言った。

安心したのか、おせつの顔がいくぶんやわらいだ。

「ま、間に合ったようだな」

駆け寄った源九郎が、喘鳴《ぜんめい》を吐きながら苦しそうに言った。走ってきたため、息が上がったらしい。

「あいつら、何者だい」

茂次が訊いた。さすがに茂次は、声がはずんでいるだけで息の切れた様子はなかった。

「兄さんを殺した、目の下に黒子のある男です」

おせつが、声を強くして言った。

その夜、源九郎の部屋に、源九郎、菅井、茂次、孫六、三太郎、おせつの六人が集まっていた。どの顔にも、ひきしまった表情があった。

男たちが集まるとかならず用意される酒はなかった。男たちの膝先には、おせつの淹れた茶の湯飲みがあるだけである。

三太郎の肩先に晒が巻いてあった。黒ずんだ血の色があったが、出血はとまっているらしい。

「だいぶ、分かってきたな。目の下に黒子のある男が、房吉を殺したのだ」

源九郎が低い声で言った。

「そいつの名は、達五郎ですぜ」

孫六が、伊勢次から聞いたことをかいつまんで話した。

「三太郎とおせつを襲った達五郎たち三人は、木菟一味のようだな」

源九郎がそう言うと、脇に座していた三太郎が達五郎といっしょにいたふたりの体軀や顔付きなどを話した。

「丸顔の男は、安次郎だ」

孫六が言った。安次郎は伊勢次の仲間だった男である。

「なぜ、房吉を殺したのか分かってきたな」

そう言って、源九郎が、推測だが、と前置きして話した。

春雷の鳴った夜、房吉は日本橋冨沢町で棟梁の岡蔵に酒をご馳走になり、夜更に浜町河岸沿いの道を通りかかったのだ。

そのとき、路地から飛び出してきた達五郎と鉢合わせになった。その瞬間、稲光が疾《はし》り、達五郎の顔がはっきりと見えたのだ。黒ずくめの衣装で、敏捷に走る姿が黒い猿のように映ったのであろう。

そのとき、達五郎が大倉屋の対岸にいたのは、両国方面から大倉屋にむかう途中だったからであろう。仲間がいなかったのも、大倉屋に押し込む前だからである。

その後、達五郎は大倉屋のちかくで仲間と合流し、店に押し入って金を奪ったのだ。仕事はうまくいったが、達五郎は鉢合わせした男のことが気になった。自分の顔を見られたと思ったのである。おそらく、達五郎も稲光に浮かび上がった房吉の顔を見たにちがいない。それで、房吉を消そうと思ったのである。

「でも、旦那、どうして房吉と分かったんです」

茂次が首をひねりながら訊いた。

「房吉の身装《みなり》だろうな」

稲光に浮かび上がったのは顔だけではない。大工らしい格好も浮かび上がり、達五郎の目に焼き付いたのだ。

達五郎は、その後何気ない顔で大倉屋付近や浜町河岸沿いの道を歩き、岡蔵たちの普請現場を目にした。そこで、房吉の姿を見て、昨夜鉢合わせしたのが房吉だと知ったのであろう。

「それで、竪川沿いまで房吉の跡を尾けて殺したのだ。達五郎は殺しなど何とも思っていない悪党だからな。それに、房吉を生かしておいては、頭目や他の仲間に面目がたたなかったのではないかな」

木菟一味は、これまで顔を見られないことで、町方の探索を逃れてきたのだ。それが、盗人の現場で見られたわけではないが、大倉屋のちかくで、しかも盗人装束で飛び出したところを、房吉にはっきりと顔まで見られてしまった。

「達五郎としては、何とか房吉を始末せねばならなかったわけだ」

そう言って、源九郎は膝先の湯飲みに手を伸ばした。

「まちがいないな。となると、おれたちは達五郎を見つけ出して、始末すればいいわけだな」

菅井が言った。

「それでは、すまぬ。すでに、わしらは達五郎の他に安次郎、それに顎のとがった男も見ている。当然、木菟一味もそのことを知っているはずだ」

源九郎がそう言うと、三太郎が身を乗り出して、

「あっしとおせつさんは、三人の顔を二度も見てやす」

と、声をつまらせて言った。

「木菟一味は、三太郎とおせつ、それに、わしの命を狙ってくるとみていい。いや、茂次、孫六、菅井もあぶない。人相書を持って聞きまわっていることは、一味もつかんでいるだろうからな」

「すると、木菟一味は根こそぎ捕らえぬと、始末はつかんわけだ」

菅井が顔をしかめて言った。

「そうなるな」

源九郎がそう言うと、孫六が、

「木菟一味は六人だそうですぜ。そのうち、三人は分かっていやす。達五郎、安次郎、それに顎のとがった男」

そう口をはさんだ。

「もうひとりいる。確証はないし、名も分からぬが、わしを襲った武士だ。黒ずくめの異様な男だった。居合を遣う」

源九郎は、すでにそのときの話を菅井や孫六たちに話してあった。菅井によると、居合を遣う者も多いので、それだけでは探りようもないとのことだった。

源九郎を襲った黒衣の武士が、はたして木菟一味かどうか断定はできなかった。ただ、達五郎と同じように源九郎の命を狙ったことから推《お》して、木菟一味とかかわりがあることだけは確かなような気がした。

「頭目はだれだろう」

三太郎がつぶやくような声で言った。

そのとき、源九郎は口から出かかった言葉を慌てて呑み込んだ。頭を過《よ》ぎったのは、滝島屋菊蔵である。

源九郎は、達五郎たち三人が浜乃屋を襲ったのは、菊蔵の意向を受けたからであろうと思っていた。となると、菊蔵も木菟一味とつながっているとみていいのではないか。

……滝島屋は、木菟一味の頭目の顔を隠すための店かもしれぬ。

と、源九郎は思った。

ただ、菊蔵が木菟一味の頭目であるという確証はなかった。偶然、菊蔵が深川界隈の飲み屋か岡場所で達五郎たちと知り合い、金を渡して浜乃屋の商売を邪魔させたということも考えられるのだ。

……もうすこし探ってみねばなるまい。

源九郎は、胸の内でつぶやいた。

源九郎が口をつぐむと、つづいて話す者がなく、座敷は沈黙につつまれたが、

「いずれにしろ、迂闊《うかつ》に長屋の外を歩きまわれんということだ。命を狙われるからな」

と、菅井が言った。

「とくに、深川があぶないな」

源九郎が言い添えた。

源九郎が襲われたのも、三太郎とおせつが狙われたのも深川だった。源九郎は木菟一味の隠れ家が深川にあるような気がしていた。

「長屋から出るときは用心してくれ」

源九郎は、しばらくの間、寂しい通りを歩かぬことや長屋の外ではひとりにならぬことなどを話した。

「とにかく、木菟一味は容易な敵ではないぞ」

源九郎の胸には強い懸念があった。

木菟一味は盗人集団だが、黒衣をまとって凶刃をふるう殺人鬼がふたりもいるのだ。房吉を殺した達五郎と源九郎を襲った黒衣の武士である。

六

源九郎の懸念は的中した。

源九郎の部屋に六人が集まった三日後のことだった。七ッ（午後四時）ごろ、孫六が血相を変えて飛び込んできた。

「旦那、大変だ！」

畳に寝転がっていた源九郎は、慌てて身を起こした。

「どうした」

「茂次がやられた」

孫六の顔がこわばっている。

「死んだのか」

源九郎の顔から血の気が引いた。咄嗟に、木菟一味に殺られたと思ったのだ。

「いや、死んじゃァいねえ。腹を刺されて唸ってる」

「長屋にいるのか」

「へい」

「行くぞ」

源九郎は土間の草履をつっかけて飛び出した。後に、孫六が左足をひきずりながらつづく。

茂次の部屋には、長屋の連中が大勢集まっていた。源九郎と孫六が駆け付けると、華町の旦那だ、そこをあけてやれ、などという声が起こり、人垣が割れた。

土間や座敷にも大勢いた。菅井、三太郎、おせつ、それにお熊やおとよの顔もあった。いずれも心配そうな顔をしている。

座敷に延べられた夜具の上に茂次が仰向けに寝ていた。腹に晒が当てられ、赤く染まっている。その枕元で、お梅が蒼ざめた顔で身を硬くしていた。

茂次は、かすり傷だ、大騒ぎするんじゃァねえ、帰れ、見世物じゃァねえんだ、などと喚いていた。

「どいてくれ」

源九郎は土間から声をかけ、座敷にいたお熊たち女房連中に脇へ寄ってもらい、茂次の枕元に座った。

「旦那、面目ねえ。このざまだ」

茂次が顔をしかめて言った。

その顔が赭黒《あかぐろ》く紅潮し、額に脂汗が浮いていた。威勢はいいが、傷が痛むらしい。

「茂次、大声を出さずに安静にするんだ」

源九郎は、臓腑までとどかない傷でも出血が多いと死ぬことがあるのを知っていた。興奮して体を動かせば、よけい血が出るのである。

源九郎は腹に当てられた晒をそっと持ち上げて見た。

脇腹に刃物でつけられた二寸ほどの傷があった。まだ、傷口から血が流れ出ていた。源九郎はすぐに傷口を晒で押さえた。

ただ、臓腑までとどく傷ではなく、脇腹の肉を削がれただけのようだった。

……出血さえとまれば、助かる。

と、源九郎はみた。

「深い傷ではないが、東庵《とうあん》先生を呼んだ方がいい」

東庵は相生町に住む町医者だった。はぐれ長屋の者が医者など呼ぶことは滅多になかったが、孫六が手傷を負ったときも頼んでおり、声をかければ来てくれるはずだった。

「いい、医者など呼ぶな」

茂次が、声を荒げた。

「おまえさん、東庵先生に診《み》てもらった方がいいよ」

お梅が涙声で訴えた。

「医者を呼ぶような傷じゃァねえ。放っておけば、治らァ」

茂次がふて腐れたような声で言った。

治療代を心配しているのである。東庵に払う金がないのだ。はぐれ長屋の住人で、予期せぬ怪我で医者を呼び、その場で治療代を払えるほど蓄えのある者はいない。

「助造、東庵先生を呼んでくれ」

茂次の心配には耳を貸さず、源九郎が頼んだ。

「合点で」

すぐに、土間にいた助造が飛び出していった。

「お熊、おとよ、長屋をまわって銭を集めてくれ。後で、わしが返すと言えばいい」

源九郎は、いざとなれば、倅の俊之介に無心してもいいと思っていた。とにかく、いまは茂次の命を助けることである。

「あいよ」

声を上げて、お熊が立ち上がり、おとよもつづいた。さらに、土間にいた女房連中が数人後について出ていった。

こういうときのお熊たち女房連中は頼りになる。いかに、貧乏長屋とはいえ、町医者の治療代ぐらいは集まるはずだ。

小半刻（三十分）ほどすると、助造が東庵を連れてもどってきた。初老の東庵は戸口から座敷にかけて大勢集まっているのを見て、驚いたように目を剝いたが、苦笑いを浮かべながら茂次の脇に膝を折った。

そして、晒を取って傷口を見ると、

「なに、血さえとまれば治りますよ」

と、物静かな口調で言った。

東庵の診断を聞いて、枕元に座っていたお梅が、よかった、と涙声で言って、顔をくしゃくしゃにした。衝き上げてきた嗚咽《おえつ》に、歯を食いしばって耐えているらしい。おせつもほっとしたように顔をなごませ、涙ぐんでいた。

東庵はてきぱきと傷の手当をした。まず、小桶に水を持ってこさせて傷口のまわりの汚れを拭き取り、さらに酒で洗った後、晒に金創膏をたっぷり塗って傷口に当てがった。そして、茂次の腹部に晒を幾重にも巻き付けると、

「傷口を動かさぬよう、静かに寝ていることだな」

と諭すような口調で言った。

源九郎はお熊たちが集めた銭を東庵に渡した後、助造と三太郎に送らせた。

東庵が帰り、いっときしてから、源九郎は、

「引き取ってくれ。大事ないようだ」

と言って、集まった長屋の者たちを帰らせた。

長屋の者たちは、安心したようにふたり三人と連れ立って、おしゃべりをしながら自分の家へもどっていった。

座敷に残ったのは、茂次とお梅の他に、源九郎、菅井、孫六、おせつ、それに東庵を送ってもどった三太郎だった。

「茂次、すこし眠った方がいい」

そう言って、源九郎も腰を上げようとすると、茂次が、

「旦那、すまねえ」

と、小声で言った。めずらしく、殊勝な顔をしている。

「なにを言っておる。わしらは仲間ではないか。気にすることはないぞ」

源九郎は立ち上がった。

菅井、孫六、三太郎も立ち、茂次に声をかけて出ていった。おせつだけは、お梅さんといっしょに看病すると言って、座敷に残った。

七

翌朝、源九郎が様子を見にいくと、茂次は目を覚ましていた。出血はとまったらしく、晒に黒い血痕はあったが、新しい血の色はなかった。それに、顔色もい い。命にかかわるようなことはなさそうである。

土間の流し場の竈《かまど》の前に、襷《たすき》で袖を絞ったおせつが屈み込んでいた。火を焚《た》き付けている。お梅に代わって、朝餉《あさげ》の支度をしているらしい。

お梅は茂次の枕元に座っていた。寝ずに看病したらしく、腫れぼったい顔をしている。

「どうだ、ぐあいは」

源九郎が枕元に座って訊いた。

「ヘッへへ……。腹がへっちまって」

茂次は流し場のおせつの方に目をやりながら言った。

「腹がすくようなら心配はない」

「にぎりめしを頼んでありやすんで、旦那も食ってってくだせえ」

「そうだな。馳走になるか」

源九郎は苦笑いを浮かべたが、

「寝たままでいい。おまえに傷を負わせたやつのことを話してくれ」

と、声をあらためて言った。

ともかく、茂次に傷を負わせたのはだれなのか、源九郎は知りたかったのである。

「へい、昨日、久し振りで番場町の方へ仕事に行ったんでさァ。その帰りに、御竹蔵の裏手を通ったとき、後ろから走ってきたやろうに……」

茂次はくやしそうに顔をしかめた。

その日、茂次は木菟一味に襲われないよう八ツ（午後二時）には、仕事を切り上げて長屋にむかったという。

御竹蔵の裏手の通りは、人影もなくひっそりとしていた。

ふと、背後に足音を聞いて、茂次は振り返った。

黒装束の男が走り寄ってくる。黒の半纏《はんてん》に黒股引、黒っぽい手ぬぐいで頰っかむりしていた。

……やつだ！

茂次は、三太郎たちを狙った達五郎だと察知した。

咄嗟に逃げようと思い、茂次は手にした研《と》ぎ道具をつつんだ風呂敷を路傍に置いて走り出した。

が、すぐに茂次の足がとまった。

前方の町家の陰から、同じような格好の男がふたり、通りに姿をあらわしたのだ。安次郎と顎のとがった男であろう。

茂次は逃げ場を探して通りの左右に目をやった。右手は御竹蔵、左手は町家の板塀になっていた。その板塀の先に細い路地がある。茂次は走り出した。路地へ逃げ込もうとしたのである。

だが、達五郎がすぐ背後に迫っていた。足が疾《はや》い。まさに、獲物を追う野犬のようである。

達五郎の足音が、すぐ後ろに迫ってきた。短い息の音も聞こえる。茂次は達五郎が匕首を手にしているのを、目の隅にとらえた。

茂次はかまわず走った。細い路地へ走り込むと、すぐ枝折《しお》り戸があった。仕舞《しもた》屋《や》の戸口が、すぐ正面にある。

引き戸があいていた。なかに人がいるらしく、話し声も聞こえた。

咄嗟に、茂次は枝折り戸を押してなかに飛び込もうとした。

走ってきた足がとまった瞬間、

「死ね！」

追ってきた達五郎が、脇から匕首を突いた。

茂次の脇腹に焼き鏝《ごて》を当てられたような衝撃がはしった。茂次は、かまわず枝折り戸からなかに飛び込んだ。そして、仕舞屋の戸口から家のなかへ駆け込んだ。

「た、助けて！」

恥も外聞もなかった。茂次は必死で助けを求めたのである。

すぐに、職人らしい男と女房らしき女が戸口に出てきて、茂次の姿を見ると仰天した。

「追剝ぎだ！　助けてくれ」

茂次はかまわず、上がり框から座敷へ飛び上がった。戸口のそばまで、達五郎が迫ってきていたのだ。

そのとき、女が喉の裂けるような絶叫を上げた。茂次の腹部を染めている血を見たらしい。

茂次は座敷から家の裏手へまわった。

達五郎たちは、家のなかまで追ってこなかった。

しばらく、茂次は台所につっ立っていた。すると、職人らしい男が来て、

「おめえさんを追ってきたやつらは、もどっていったぜ」

と、知らせてくれた。

茂次が男に礼を言って、裏口から出ようとすると、

「腹の傷は、そのままでいいのかい」

と、男が心配そうな顔で訊いた。悪い男ではないらしい。

「てえした傷じゃァねえ。後で、礼に寄らせてもらうぜ」

そう言って、茂次はその家を後にした。

そのとき、茂次はたいした傷ではないと思った。出血は多かったが、痛みもそれほどなく、皮肉を裂かれただけだと自分でも分かったからである。

茂次は腹を押さえて、自力で長屋まで帰りついた。

長屋の井戸端で、お熊たち女房連中がおしゃべりをしていた。お熊たちは茂次の腹部を真っ赤に染めた血を見るなり、驚きの声を上げた。そして、茂次を家ま

で連れて行き、お梅に手を貸して寝かせるとともに長屋中に触れ歩いたのである。

茂次から話を聞き終えた源九郎は、

「やはり、木菟一味はわしらを狙っているようだ」

と、声をひそめて言った。

さっきまで、茂次のそばにいたお梅は、おせつのそばでいっしょに朝餉の支度をしていたが、茂次とのやり取りは聞かせたくなかったのである。

「ひとりだけなら何とかなったんだが、相手が三人じゃァかなわねえ」

茂次はくやしそうに言った。

「早く手を打たねばな」

源九郎は、次の犠牲者が出るだろうと思った。

「達五郎は殺し慣れた男ですぜ」

「うむ……」

達五郎は房吉のほかにも手にかけているはずだった。盗人であり、腕のいい殺し屋でもあるようだ。

「達五郎だけは、わしたちの手で始末したいな」

源九郎が小声で言った。

町方に捕縛させるのも手だが、達五郎には房吉を殺され、茂次も傷を負わされていた。達五郎だけは長屋の者の手で討ちたい、と源九郎は思った。

「あっしも、このままじゃァ寝覚めが悪いや」

茂次が虚空を睨みながら言った。

# 第五章　化けの皮

## 一

格子戸をたたく音がした。板場で洗い物をしていたお吟は、濡れた手を前垂れでふきながら急いで戸口にまわった。源九郎が来たと思ったのである。

格子戸をあけると、そこに立っていたのは菊蔵だった。

一瞬、お吟は凍りついたようにその場に立ちすくんだ。

「お吟さん、お久し振り」

菊蔵は満面に笑みを浮かべて言った。

丸顔で糸のように目を細めた顔は、おだやかでやさしそうだった。

「お店は、休んでいるんですけど」

お吟は戸惑いながら言った。

「承知しておりますよ。今日は酒を飲みにきたわけではありませんでね。お吟さんにいい話を持ってきたんですよ」

「何の話です」

お吟はぶっきらぼうに訊《き》いた。また、喜多屋の話ではないかと思ったのである。

「この店をひらく、相談なんですがね」

菊蔵は、ちょっとお邪魔してもよろしいですかな、と言い添えた。

「お茶ぐらいしか、出せませんよ」

無下に追い出すわけにもいかなかった。

「何もいりませんよ。今日は、早くこの店をひらいてもらいたいと思ってきたんですから」

そう言うと、菊蔵は店に入ってきて、上がり框《がまち》に腰を下ろした。

お吟が、お茶を淹《い》れると言って、板場にもどろうとすると、菊蔵は引きとめた。

「お茶より先に、わたしの話を聞いて欲しいんですがね」

菊蔵は女のような細い声で言った。

仕方なく、お吟も上がり框に腰を下ろし、西陽の射す戸口に目をむけた。

「店をひらけないのは、包丁人が怪我をしたからだそうですね」

「ええ……」

「実は、包丁人を世話しようかと思いましてね」

「包丁人を」

お吟は、菊蔵に顔をむけて訊いた。

「はい、仙八《せんぱち》さんという喜多屋の包丁人でしてね。人柄もいいし、腕もいい。その仙八さんに、浜乃屋のことを話したら、世話になってもいいと言うんですよ」

菊蔵が嬉しそうな顔をして言った。

「うちに来てくれるなら、有り難いけど」

お吟は半信半疑だった。喜多屋のような大きな店の包丁人が、浜乃屋のような小料理屋に来てくれるとは思えなかったのだ。

「なに、前にも話したとおり、喜多屋は手放すという話がありましてね。先の見えない店より、ちいさくとも繁盛してる店の方がいいと言うんですよ」

「それなら頼みたいけど……」

　そうは言ったが、お吟は手当のことが心配だった。喜多屋ほどの金は払えないだろう。

「手当も、前の包丁人と同じでいいそうですよ」

　菊蔵が、お吟の胸の内を見透かしたように言った。

「菊蔵さんが、話してくれるんですか」

　お吟は、乗り気になった。包丁人が見つかれば、すぐにも店をひらくことができるのである。

「はい。……どうです、明日の晩でも仙八さんに会ってみますか」

「喜多屋さんで」

「たまには、他の店の料理を食べてみるのもいいでしょう」

「お願いしようかな」

　お吟がそう言うと、菊蔵は膝を打って、

「決まりですな。それでは、明日の暮れ六ツ（午後六時）ごろ、喜多屋まで来てもらいましょうか。なに、てまえが先にいって待ってますよ」

　菊蔵はそう言うと、腰を上げた。そして、戸口の方に歩きかけたが、何か思い出したように立ちどまり、お吟を振り返った。

「そうそう、ひとつ忘れていました。実は、仙八さんが店を移るに際し、支度金が欲しいと言ってましてね。まァ、仙八さんにもいろいろ都合があるんでしょう」

「いくら欲しいと言ってるんです」

「十両です」

「十両……」

お吟は頭から冷水をかけられたような気がした。いまのお吟には、十両どころか一両の金も用意できなかった。

「お吟さん、何の心配もいりません。お金はてまえが用意します。初めからそのつもりだったんですから。お吟さんは、大船に乗ったつもりで来てくれればいいんです。てまえが、すっかりお膳立てしますよ」

菊蔵は、お吟に、明日の晩、お待ちしてますよ、と言い置いて、戸口から出ていった。

お吟は戸口に立って、菊蔵の後ろ姿を見送っていたが、その姿が路地をまがって見えなくなると、急に不安になった。

……あまりに話がうますぎる。

と、お吟は思った。

ただで、十両もの大金を出してくれるはずがない。当然、下心があってのことなのだ。それに、喜多屋で会うというのも妙だ。離れにでも連れ込んで、酒を飲まし、妾《めかけ》になるよう迫るのではあるまいか。そう思うと、お吟の不安はさらにつのった。一度、菊蔵の甘言に乗ってしまったら、引き返せなくなるような気がしたのである。

……華町の旦那はどう思うだろう。

ともかく、旦那に話してみよう、とお吟は思った。

お吟は、すぐに浜乃屋を出た。源九郎のいるはぐれ長屋に行くつもりだった。喜多屋に行く前に源九郎に話さなければならない。

源九郎は長屋にいた。めずらしく、酒も飲まずに座敷で孫六と話し込んでいた。

「お吟、どうした」

源九郎が、驚いたような顔をして腰を上げた。お吟が長屋に来ることはめずらしかったのだ。

「旦那に、話があって」

お吟がそう言うと、孫六はニヤニヤしながら腰を上げ、

「あっしのような爺《じじ》いは、退散しましょうかね」

と言って、土間の草履《ぞうり》をつっかけた。そして、旦那、それじゃァ、明日からで
も、と言い残して出ていった。

戸口からすこし離れたところで、ヒッヒヒ……、という孫六の笑いが聞こえ
た。また、よけいなことを連想しているらしい。

「まァ、座れ」

源九郎が言うと、お吟は上がり框に腰を下ろした。

二

「旦那、菊蔵が店に来たんですよ」

お吟が眉宇《びう》を寄せて言った。

「なに、菊蔵が」

思わず、源九郎の声が大きくなった。

「それで、菊蔵の用件は」

「仙八さんという包丁人を世話してくれるというんです」

お吟は菊蔵とのやり取りをかいつまんで話した。

「下心があってのことだな」

源九郎は、菊蔵が見返りなしで浜乃屋のために包丁人を世話するはずはないと思った。そもそも、浜乃屋の商いを邪魔していたのは菊蔵自身と思われるのだ。

「支度金が十両だそうです」

「十両だと」

源九郎は、菊蔵が古手屋の裏で金貸しをしていることを思い出した。菊蔵は、お吟を借金で縛り、自分の情婦《いろ》にしようとしているのではないか。

源九郎は菊蔵の魂胆が見えたような気がした。

「お吟、明日、喜多屋に行かぬほうがよいぞ」

源九郎は語気を強くして言った。

「でも……」

お吟は逡巡するように視線を揺らした。胸の底には、包丁人を雇えば店をひらけるという思いがあったのである。

「金はさておいても、吾助はどうするのだ。怪我が治ったら、また浜乃屋に来てもらうのではないのか。仙八とかいう包丁人を雇ってしまったら、吾助を断るしかなくなるぞ」

「そうだけど」

右腕の骨折が治って、吾助が包丁を握れるようになるには、二、三か月はかかるだろう。はたして治って包丁人に復帰できるかも、はっきりしなかった。なにせ、歳である。そのまま隠居してしまうかもしれない。

「それにな、お吟にはまだ話してないが、浜乃屋の店を壊した三人組は、江戸を騒がせている木菟《みみずく》一味らしいのだ。房吉を殺し、茂次に怪我を負わせたのも、その三人のうちのひとりのようだ」

源九郎は、茂次が腹を刺された顚末《てんまつ》をかいつまんで話した。

お吟は驚いたように目を剝《む》いて、源九郎の話を聞いていた。

さらに、源九郎は言いつのった。

「それだけではないぞ。その三人組だがな。わしは、菊蔵とつながっているとみておるのだ」

「何ですって！」

お吟が声を上げた。

「ここに孫六が来ていたろう。わしと孫六とで、菊蔵を探る手筈を話していたところなのだ」

「……」

お吟の顔がこわばった。怒りと興奮で、肩先が顫《ふる》えている。お吟自身も、菊蔵の温厚そうな言動の裏に、深い闇がひろがっているような気がしていたのであろう。

「喜多屋には、わしが行って都合が悪くなったと伝えてやろう」

源九郎は静かだが強いひびきのある声で言った。

「だ、旦那、すまないねえ」

お吟は菊蔵の正体を知らされて決心がついたのか、ほっとしたような顔をした。

「だが、浜乃屋にお吟がひとりなのは、気がかりだな」

菊蔵はさらに強引な手を打ってくるだろう。籠絡《ろうらく》できないと思えば、人攫《ひとさら》いでも監禁でも何でもやる男である。

「どうしたものかな」

源九郎は腕を組んでいっとき思案していたが、

「どうだ、お吟、しばらくわしの部屋で暮らさぬか。なに、わしは菅井に厄介になることにする」

以前も、お吟は源九郎の住居《すまい》で暮らしたことがあった。そのときは、茂次が独り者だったので茂次の部屋へ転がり込んだが、いまはお梅がいるので寝泊まりするわけにはいかない。

「いいんですか」

お吟はすまなそうな顔をしたが、嫌がっているふうはなかった。お吟は長屋の女房連中とも顔馴染みなので、暮らしにくいことはないはずである。

「かまわぬ。それに、そう長い間でもあるまい」

源九郎は、できるだけ早く達五郎たちを始末したいと思っていた。そうなれば、当然菊蔵との決着もつくだろう。

「それじゃァ、今日のうちに身のまわりの物だけでも運ばせてもらいますよ」

そう言って、お吟は立ち上がった。

源九郎はお吟を送り出した足で、菅井の部屋へ行ってみた。菅井はまだ両国広小路からもどっていなかった。

そろそろ帰ってくるころだろうと思い、源九郎が上がり框に腰を下ろして待っていると、小半刻（三十分）もしないうちに下駄の音がし、腰高障子があいて菅井が顔を出した。

「華町、将棋か」

菅井が源九郎の顔を見るなり言った。

いつもむっつりしている菅井の顔に、笑みが浮いている。将棋好きの菅井は、今晩あたり一局やりたいと思っていたところだったのかもしれない。

「一局だけなら、付き合ってもいいぞ」

宿を借りる手前、菅井の機嫌も取らねばならなかった。

「それは、ありがたい。まず、対局の前に腹ごしらえをせねばならぬが、おぬしは」

菅井は居合用の長刀を部屋の隅に立て掛けながら訊いた。

「まだだが、実はな」

源九郎は、しばらくお吟が長屋に泊まることになったことを話し、

「わしを、しばらくここに泊めてくれ」

と、頼んだ。

「華町がここで寝起きするのか。いや、それはいい。連日、思う存分、将棋ができるではないか。いや、実にいい」

菅井はめずらしく声をたてて笑った。

三

夏の陽射しが暑かった。永代橋の先の江戸湊の海原が強い陽射しを反射《はね》て、水銀のように照りかがやいていた。そのかがやきのなかで、大型廻船の白い帆が、陽炎《かげろう》のように揺れている。

源九郎と孫六は大川端にいた。そこは吉田屋の桟橋につづく石段の陰で、陽射しをさえぎる物がない。

そこから斜向《はす》かいに滝島屋の店先が見える。ふたりは、昨日から午後になるとこの場所へ来て滝島屋へ出入りする者に目をくばっていたのである。

「暑いな」

石段の照り返しがあり、下から炒《い》られるようであった。

「なに、陽は西にまわってやすから、じきに涼しくなりまさァ」

孫六が上空を見上げながら言った。孫六の言うとおり陽は西にまわっている。七ツ（午後四時）ごろであろうか。

ふたりは、しばらく黙り込んで滝島屋に目をやっていたが、

「旦那、具合はどうです」

と、孫六が訊いた。口元にうす笑いが浮いている。

「何の話だ」

「お吟さんですよ。長屋の女房たちが、華町の旦那は暑いのに元気だと感心してましたぜ」

そう言うと、孫六は下をむいて、ヒッヒヒ……と笑った。いつもの、卑猥《ひわい》なことを連想したときの笑いである。

「孫六、この暑さのなかで持ち出すような話ではないだろう。それにな、わしは菅井の部屋に寝泊まりしておるのだぞ」

源九郎は憮然《ぶぜん》とした顔で言った。

「そりゃァそうだ。涼しくなるような話じゃァねえな」

あっさり、孫六は話を打ち切ってしまった。

そのとき、滝島屋の店先に男がひとり近寄ってきた。半纏《はんてん》に股引《ももひき》姿で、手ぬぐいで頬っかむりしていた。顔は見えなかったが、痩身である。

「やつは、三人組のひとりかもしれねえ」

孫六が低い声で言った。さっきまでの笑いは消え、岡っ引きらしい鋭い目で男を見つめている。

「そのようだな」

顔は見えなかったが、男の態度には人目をはばかるような様子があった。達五郎でも安次郎でもないようなので、顎のとがった男であろう。

「なかなか出てきませんぜ」

男は店に入ったままだった。

「菊蔵と話しているのであろう」

一昨日の夕方、源九郎は喜多屋に出かけて、お吟が来られないことを伝えていた。そのときはまだ、菊蔵は来店してなかったが、当然、菊蔵は店の者に話を聞き、理由を質《ただ》すために浜乃屋へ行ったはずである。

浜乃屋にお吟の姿がないことを知った菊蔵は、まずお吟の行方を探そうとして達五郎たちを集める、そう源九郎は読んでいた。

「旦那、来やした、もうひとり」

孫六が声を殺して言った。

見ると、小太りの男である。やはり手ぬぐいで頰っかむりしていて顔は見えなかったが、安次郎とみていいだろう。

「達五郎も来るはずだ」

菊蔵は、三人に手分けしてお吟の行方を探すよう指示するだろうと源九郎はみていた。

「来やした、達五郎だ！」

孫六の声が大きくなった。

中背の体軀に見覚えがあった。達五郎である。半纏に股引姿だったが、すこし前屈みで歩く姿に野犬を思わせるような雰囲気があった。

「どうしやす」

「踏み込むわけにはいくまい」

店には、すくなくとも五人いるはずだった。菊蔵、達五郎、安次郎、顎のとがった男、それに奉公人の助次である。助次も盗人の仲間なのか、ただの奉公人か分からなかったが、菊蔵の指示で動くとみた方がいいだろう。

それに、菊蔵がはたして木莵一味の頭目なのかどうかも仕掛ける前にはっきりさせねばならない。

「出てくるのを待とう」

源九郎は、まず、達五郎たちの塒《ねぐら》をつかみたかった。

小半刻（三十分）ほどすると、店先に人影があらわれた。四人である。達五郎、安次郎、顎のとがった男、それに四十がらみの小柄な男だった。おそらく、奉公人の助次であろう。

達五郎たち三人は店先で立ち止まると、左右に目をやってから歩きだした。大川端を川上にむかっていく。

助次らしい男は店先で去っていく三人を見送っていたが、いっときすると店へもどった。

「旦那は、あっしの跡を尾《つ》けてきてくだせえ」

そう言い残して、孫六が通りへ出ていった。

孫六は、樹陰や表店《おもてだな》の角などに身を隠しながら達五郎たち三人の跡を巧みに尾けていく。

その孫六の姿が半町ほど遠ざかったところで、源九郎は通りへ出て、孫六の後についた。

牢人体の源九郎と年寄りの孫六がいっしょに尾けたのでは、相手に気付かれやすい。そのため、ふたりで尾行するときは、いつも源九郎が孫六の後につくことにしてあったのである。

前を行く三人は永代橋のたもとを過ぎ、佐賀町から今川町へ入った。

今川町の浜乃屋へつづく路地のところで、ふいに孫六が足をとめた。手招きで、源九郎を呼んでいる。

達五郎たち三人が、そこで分かれたようだ。大川端の通りには、安次郎と顎のとがった男の姿しかない。

源九郎は孫六のそばに走り寄った。

「旦那、達五郎はあそこに」

孫六が指差した。

達五郎は細い路地を浜乃屋の方へ歩いていく。

「分かれて、お吟の行方を探すつもりだな」

「あっしが、達五郎を尾けやす。旦那は、安次郎たちを」

孫六が言った。

「分かった。孫六、気をつけろよ。やつの匕首《あいくち》の腕は確かだ」

「旦那、こう見えても、あっしは番場町の親分と言われた男ですぜ。見つかるようなへまはしませんや」

孫六はニヤリと笑って、達五郎の跡を尾け始めた。

源九郎は前を行くふたりの跡を尾けた。ふたりは川沿いの道を足早に本所の方へむかっている。源九郎は、はぐれ長屋にいくつもりではないかと思った。

四

竪川の岸辺ちかくにちいさな稲荷があった。祠《ほこら》のそばの樹陰に佇《たたず》んでいる武士がいた。菅野彦三である。

そこは、はぐれ長屋のある相生町を流れる竪川の対岸だった。菅野はその場からはぐれ長屋へつづく路地に目をやっていた。菅野は源九郎を斬るつもりで狙っていたのである。

菅野は、菊蔵から、一刻も早く源九郎を始末してくれと催促されていた。それで、陽が西にかたむくころ、ここへ足を運んできて、源九郎が姿をあらわすのを待っていたのである。

陽は家並のむこうに沈み、残照が空をおおっていた。竪川の水面が残照を映し、対岸の表店の屋根や壁がほんのりとした淡い蜜柑色に染まっている。

出職の職人や風呂敷づつみを背負った店者などが、急ぎ足で通り過ぎていく。雀色時《すずめいろどき》と呼ばれるころである。

そのとき、菅野は、一ツ目橋の方から足早にやってくるふたりの町人体の男に目をとめた。

……あれは、安次郎と浅吉《あさきち》か。

顎のとがった男の名が、浅吉である。

近付いてくると、安次郎と浅吉であることが分かった。ふたりははぐれ長屋につづく路地のそばに立ち、なかの様子をうかがっている。

……お吟という女の行方を探しているようだ。

菅野は、菊蔵からお吟の行方が知れなくなったことを聞いていた。

そのとき、菅野は岸辺の柳の樹陰から、安次郎たちの様子をうかがっている別の人影に気付いた。

……華町だ！

その姿に見覚えがあった。

菅野は源九郎が安次郎と浅吉を狙っていることに気付いた。どこからか、ふたりを尾行してここまで来たにちがいない。

……妙なことになったな。

源九郎が安次郎たちを狙い、その源九郎を菅野が狙っているのである。

いずれにしろ、ここでは仕掛けられなかった。まだ、明るかったし、竪川沿いの通りは、通行人が行き来していた。

菅野はもうすこし待とうと思った。

見ると、安次郎と浅吉は通り沿いの表店に入ったり、通りがかりの女房らしい女をつかまえて話を聞いたりしている。安次郎たちはお吟の行方を探っているようだ。

しばらくすると、川沿いの道は夕闇につつまれ、板戸をしめる表店が多くなった。安次郎と浅吉は、これまでと思ったのか、一ッ目橋の方に引き返し始めた。樹陰にいる源九郎に目をやると、ふたりをやり過ごし半町ほど間を取って、また跡を尾けだした。

……おれの出番のようだな。

菅野は口元にうす笑いを浮かべて稲荷から通りへ出た。

安次郎たちと源九郎は、一ッ目橋を渡って大川端を深川の方へ歩いていく。通りは暮色につつまれ、人影もすくなくなってきた。

……そろそろ仕掛けるか。

菅野がそう思ったときだった。

町家の板塀の陰から、スッと町人体の男が出てきた。そして、源九郎に身を寄せた。ふたりは歩きながら何か話している。町人体の男は、左足をすこし引きずるような格好で歩いていた。

菅野は知らなかったが、孫六である。孫六は、達五郎を尾行し、その塒をつきとめて長屋にもどる途中、安次郎たちと、その跡を尾ける源九郎の姿を目にしたのだ。そこで、物陰に身を隠して安次郎たちをやり過ごし、源九郎と合流したのである。

菅野が路傍に身を寄せて見ていると、源九郎と町人体の男は前を行く安次郎たちを尾け始めた。

菅野は仕掛けるのをやめた。ふたりでは、分が悪いと思ったのである。菅野は、また源九郎の背を見ながら歩きだした。焦ることはないと思った。源九郎の塒が分かっている以上、いつでも仕掛ける機会はあるだろう。

しばらく歩き、仙台堀にかかる上ノ橋を渡ると、先を行く安次郎と浅吉が分かれた。安次郎は仙台堀沿いを左手にまがり、浅吉はそのまま大川端を永代橋の方へ歩いていく。菅野はふたりが、それぞれの塒に帰ることを知っていた。

源九郎と町人体の男も上ノ橋を渡ると、安次郎と浅吉に合わせて二手に分かれた。源九郎は浅吉を尾けて大川端を行き、町人体の男は仙台堀沿いの道を行く。あくまでも、安次郎たちの跡を尾けて塒をつかむつもりらしい。

……やるなら、ここだ！

と、菅野は思った。

源九郎はひとりになっていた。辺りは濃い夕闇につつまれ、通りの人影もまばらで源九郎のそばに通行人の姿はなかった。

菅野は、すばやくふところから黒布を出して頰っかむりした。焦茶の小袖に黒のたっつけ袴。木菟のように見える黒頭巾ではないが、闇に溶ける黒装束である。

菅野は路傍に身を寄せ、足音をたてないように走りだした。

源九郎との間は半町ほど。しだいに距離がつまってくる。

五

源九郎は、背後にかすかな足音を聞いた。

振り返ったが、人影は見えなかった。このとき、菅野は板戸をしめた表店の軒下を走っていたのだ。黒装束が闇に溶け、源九郎の目にとまらなかったのである。

すこし歩いたところで、また背後で足音が聞こえた。今度は、はっきりした足音だった。

源九郎は振り返った。

黒い人影が見えた。疾走してくる。獲物を追う狼のようだった。

……あの男だ！

以前、仕掛けてきた黒装束の武士だった。

源九郎との間は、十間ほど。武士は左手を鍔元へ添え、一気に疾走してきた。全身から鋭い殺気を放っている。

……わしを斬る気だ。

源九郎はきびすを返して、抜刀した。武士が、居合で仕掛けてくるのは分かっていた。

源九郎は青眼に構え、気を鎮めた。武士の抜きつけの一刀をふせがねばならない。

武士は急迫してきた。頬っかむりした黒布の間から、双眸《そうぼう》がうすくひかっている。

源九郎は痺《しび》れるような殺気を感じて身震いした。

斬撃の手前で、フッ、と武士の腰が沈んだ。

タアッ！

鋭い気合とともに、武士の腰元から閃光《せんこう》が疾《はし》った。

抜きつけの一刀が、脇腹へきた。横一文字に払った斬撃である。

咄嗟《とっさ》に源九郎は刀身を立てて脇へ引き、鍔元で受けた。甲高い金属音がひびき、腰元で青火が散った。

次の瞬間、源九郎は背後に跳んで武士との間合を取った。居合の抜きつけ一刀をふせいだのである。

武士は平青眼に構えていた。武士の目に焦りの色はなかった。通常、居合は抜刀すれば力は半減するが、この相手は抜き合わせてからも居合に勝るとも劣らない刀法を身につけていたのである。

平青眼の構えにも隙《すき》がなく、そのまま切っ先で腹部を突いてくるような威圧があった。

源九郎はあらためて青眼に構え、切っ先を武士の目線につけた。そして、全身に気勢を込め、気魄《きはく》で攻めた。

……勝負はこれからだ。

と、源九郎は思った。

武士も引かず、斬撃の気配を見せて、ジリジリと間合をつめてくる。

そのとき、源九郎は背後から走り寄る足音に気付いた。

一歩、間を取って、背後に目をやると、尾行していた顎のとがった男が駆け寄ってくる。刀身のはじき合う音を耳にし、ふたりの戦いに気付いたのであろう。

顎のとがった男の胸元がにぶくひかっていた。匕首を手にしているようだ。

……ふたりでは、かなわぬ。

と源九郎は察知した。

顎のとがった男もあなどれぬ相手だった。それに、男に気を配っていれば、武士の斬撃をさけきれないだろう。

ふいに、源九郎は後じさりし、武士との間合があくと、反転して駆け出した。この場から逃げようと思ったのである。逃げるなら、顎のとがった男の方が突破しやすい。

源九郎は刀を振りかざし、甲声《かんごえ》を上げながら突進した。

顎のとがった男は、驚いてその場に立ちすくんだ。まさか、源九郎が自分にむかってくるとは思わなかったのだろう。

顎のとがった男は立ちすくんだが、次の瞬間、我に返って脇へ跳んだ。源九郎の斬撃から逃げようとしたのだ。

一気に、源九郎は男の脇を走りぬけた。

「浅吉、追え！　逃がすな」

武士が声を上げた。

源九郎は懸命に走った。背後から、ふたりの男が追ってくる。ふたりとも、足は源九郎より速い。

すぐに、足音が迫ってきた。足音だけでなく、短い息の音も聞こえた。背後からおおいかぶさってくるような気配がある。

そのとき、刀身を振り上げるような音がし、源九郎は痺れるような殺気を感知した。

瞬間、源九郎は振り向きざま、ひっ提げていた刀を振り上げた。

キーン、という金属音がひびき、袈裟《けさ》に振り下ろされた敵の刀身が撥ね上がった。

一瞬、武士の体勢がくずれ、路傍へ泳いだ。

源九郎は走った。

武士との間がすこしあいた。だが、武士と浅吉は執拗《しつよう》に追ってくる。

源九郎の老体が悲鳴をあげだした。足がもつれ、喉から喘《あえ》ぎ声が洩れた。心ノ臓が早鐘のように鳴っている。

前方の川岸に、灯《ひ》が落ちていた。船宿である。かすかに、人声がした。店の客らしい。

……あ、あそこへ逃げ込めば。

助かる、と源九郎は思った。客のいる船宿のなかまで、追ってはこないだろう。

背後の足音は、すぐに大きくなった。武士の足音とはちがうので、浅吉が追っているらしい。

「待ちゃァがれ！」

浅吉の声がした。すぐ後ろである。

源九郎は振り返らなかった。船宿の暖簾《のれん》が見えた。表戸があいている。土間の先の板敷きの間に立っている女の姿が見えた。女将らしい。

源九郎は飛び込んだ。

浅吉は戸口で立ちどまったらしく、足音が聞こえなくなった。武士の走り寄る足音だけが聞こえた。

そのとき、振り返った女将らしい女が、キャッ、と悲鳴を上げた。抜き身をひっ提げ、歯を剝き出し、物凄い形相でつっ立っている源九郎を見れば、仰天して当然である。

女の悲鳴で、帳場にいた年配の男が慌てて駆け寄ってきた。何事かと、思ったらしい。

「つ、辻斬りに、追われておる」

ゼイゼイと荒い息を吐きながら、源九郎が言った。

背後で、その場を離れていくふたりの足音が聞こえた。やはり、店のなかまでは踏み込んでこなかった。

「お、お侍さま、か、刀を納めて」

男が声を震わせながら言った。羽織姿を見ると、この店のあるじらしい。

「こ、これは、すまぬ」

源九郎は、すぐに納刀した。

あるじらしい男は首を伸ばすようにして戸口を覗き、だれも、いないようでございますよ、と小声で言った。

「ま、まず、水を一杯いただけぬか」

源九郎が苦しそうに言うと、女が土間の脇の流し場へ行き、柄杓《ひしゃく》で水を汲んできた。

源九郎は、喉を鳴らして一気に飲んだ。

「いや、助かった。そこもとたちのお蔭で、命拾いした」

本心だった。ここに船宿がなかったら、ふたりに討ち取られていたかもしれない。

源九郎はあらためてふたりに礼を言い、念のため裏口から出してもらった。武士と浅吉が、店先を見張っていることも考えられたからだ。

すでに、外は夜陰につつまれていた。裏手は桟橋になっていて、大川の水音が足元から聞こえていた。

源九郎は、桟橋の手前に身をかがめて、しばらく様子をうかがってから通りへ出た。武士と浅吉の姿はなかった。

六

「すぐにも、手を打ちたい」

源九郎が語気を強くして言った。

菅井の部屋に、源九郎、菅井、孫六、三太郎、それに腹に晒を巻いた茂次が集まっていた。行灯《あんどん》に浮かび上がった五人の顔には、それぞれけわしい表情があった。

「このままだと、さらに犠牲者が出そうだな」

菅井が顔をしかめて言った。行灯の灯に横から照らされた菅井の顔は陰影が濃く、般若のような不気味さがあった。

「わしを襲った武士は、刺客といっていい。腕も立つ。何とか、船宿に飛び込んで難を逃れたが、次は仕留められるかもしれん」

源九郎の懸念は、黒衣の武士だけではなかった。お吟の身も心配である。長屋を探っていた達五郎たちは、お吟が長屋にかくまわれていることをつかんだはずだ。すぐに、乗り込んでくるとみなければならない。

「旦那、明日にも、こっちから仕掛けやしょう」

孫六が低い声で言った。丸い目がうすくひかっている。腕利きの岡っ引きらしい凄みのある顔をしている。

「達五郎と安次郎の塒が知れたからな。ふたりを始末することはできる」

昨日、孫六がふたりの跡を尾行し、それぞれの塒をつかんできたのである。老いても、尾行の腕は衰えていないようだ。

孫六によると、達五郎は深川黒江町の小料理屋に入っていったという。念のため、ちかくのそば屋で訊くと、小料理屋の女将が達五郎の情婦らしいという。

また、安次郎は深川冬木町の長屋が住居らしいという。長屋は仙台堀沿いの道から路地を入ったところにあるそうである。

「とりあえず、達五郎と安次郎を押さえるか」

源九郎は、達五郎だけは自分たちの手で討ち取りたかった。おせつと茂次の敵を討ってやりたかったのだ。

木菟一味の他の五人は、町方の手にまかせたかった。源九郎たちだけで五人を討ち取ることはできないし、いかに盗賊とはいえ、勝手に源九郎たちで始末したら、町方も黙ってはいないだろう。

「あっしにいい手がありやす」

孫六が一同に視線をまわしながら言った。

「いい手とは」

「栄造に、安次郎を捕らせやす。安次郎はそれほど性根の据わった盗人《ぬすっと》じゃァねえ。村上の旦那にたたかれりゃァ、すぐに仲間のことを吐くはずだ。後は村上の旦那に任せておきゃァいい。頭目以下木菟一味を捕ってくれやしょう」

と、孫六が言い足した。

「だがな、菊蔵が頭目なら、達五郎と安次郎が捕らえられたことを知れば、すぐに姿を消してしまうぞ」

源九郎が言った。

「そうならねえように、栄造に話しておきやす。栄造はぬかりなく、菊蔵を見張るはずですぜ」

「うむ……」

源九郎には、まだ懸念があった。二度にわたって、源九郎を襲った黒衣の武士である。まだ、隠れ家も名も分かっていなかった。

菊蔵が捕らえられれば、やはり姿を消してしまうかもしれない。姿を消すだけならかまわないが、執拗に源九郎たちの命を狙ってくるような気がしたのだ。そうなると、厄介である。

源九郎が黙考していると、菅井が口をはさんだ。

「華町、それしか手はあるまい」

源九郎の脇にいた三太郎も、

「旦那、やりやしょう」

と、目を剝いて言った。

「そうだな」

源九郎も、いまはそれしか手がないような気がした。それに、手をこまねいて見ていれば、仲間やお吟の命があやういのである。

源九郎は二手に分けた。菅井と孫六を、栄造とともに安次郎の捕縛に行ってもらい、源九郎と三太郎で、達五郎を討つことにした。

達五郎を斬るだけなら源九郎ひとりで十分だったが、三太郎を同行したのにはわけがある。女のおせつの代わりに、三太郎に達五郎の最期を見届けさせたかったのだ。それが、房吉を殺されたおせつの恨みを、いくらかでも晴らすことになるのではないかと思ったのである。

また、安次郎の捕縛だけなら菅井は必要ないが、源九郎を襲った武士がどこにいるか知れなかったので、菅井も行ってもらうことにしたのだ。

「華町の旦那、あっしもいっしょに行きやすぜ」

茂次が声を大きくして言った。

「まだ、傷が癒えておらんだろう。傷口がひらいたら、命取りだぞ」

源九郎は、まだ茂次を連れていくのは無理だと思っていた。

「もう痛くも痒くもねえ。長屋でくすぶってるのは、飽きあきしてるんで」

茂次は、腹に巻いた晒を撫でながら言った。

「駄目だ。茂次は長屋に残ってもらう。わしたちが出払った後、木菟一味の者が来るかもしれんのだ。……腹を刺されたおまえの恨みは、わしが晴らしてやる」

源九郎がそう言うと、茂次はしぶしぶ承知した。茂次の胸にも、まだ無理はできないという思いもあったのだろう。

「では、明日だ」

源九郎はそう言って、立ち上がった。

## 七

路地木戸のそばで、三太郎とおせつが待っていた。ふたりともこわばった顔をしている。

三太郎は単衣の裾を尻《しり》っ端折《ぱしょ》りし、股引を穿《は》いていた。おせつは着物の裾を帯にはさんでからげ、脚半に草鞋《わらじ》履きだった。簡単な旅装束である。

「おせつ、どこへ行くつもりだ」

源九郎が訊いた。

「華町さま、あたしも連れてってください」

おせつが、切羽詰まったような顔で言った。

「房吉の敵を討つつもりか」

無理だ、と源九郎は思った。

ただひとりの肉親を殺されたおせつの恨みは分かるが、武家の娘ならともかく、町人の娘である。敵討ちは許されぬだろうし、おせつも包丁ぐらいしか、刃物を手にしたことはないだろう。

「あたし、手出しはしません。あの男に、言ってやりたいんです。兄さんを殺されたあたしの思いを……」

おせつは、蒼ざめた顔をしていたが、目は燃えるようにひかっていた。

「旦那、おせつさんも連れていってください」

三太郎が訴えるように言った。

昨夜、ふたりでいっしょに行こうと話し合ったのであろう。

「手出しはならぬぞ」

「は、はい」

「三太郎のそばを離れるなよ」

源九郎は、それでいくらかでも恨みが晴れるなら、連れて行ってやろうと思った。

三人は大川端を深川黒江町にむかった。孫六の話では、達五郎の情婦の小料理屋はひさご屋という名で、富ケ岡八幡宮の門前通りから掘割沿いの道を右手に半町ほど入ったところにあるということだった。

門前通りは、参詣客や遊廓めあての客などで賑わっていた。深川は岡場所でも名の知れた地で、門前通りには料理茶屋、女郎屋、遊女をかかえておく子供屋などが建ち並び、華やいだ雰囲気につつまれていた。

富ケ岡八幡宮の一ノ鳥居の手前の掘割にかかる八幡橋を渡ったところで、源九郎たちは右手の路地へまがった。

そこは、小体《こてい》なそば屋や小料理屋、いかがわしい飲み屋などがごてごてと軒を連ねる路地で、表通りとは打って変わって陰湿で猥雑な感じがした。

「あれだな」

戸口の掛行灯に、ひさご屋と記されていた。

まだ、暖簾は出ていなかった。戸口の格子戸はしまったままである。源九郎たちは戸口の前を通ってみたが、ひっそりして物音も聞こえなかった。

まだ、八ツ(午後二時)前だった。店をひらくのはこれからだろう。こうした裏路地は、日中は死んだように静かで陽が西にかたむいてから動き出し、夜の闇が深まるとともに活気を帯びてくるものなのだ。

「旦那、どうしやす」

三太郎が困惑したような顔で訊いた。

「待つしかあるまい」

まさか、店のなかに踏み込んで達五郎を斬るわけにはいかなかった。

源九郎は路地の左右に目をやった。しばらく身を隠して店先を見張れる場所を探したのである。

半町ほど先に、掘割に下りる石段があった。岸辺に猪牙舟《ちよきぶね》が一艘つないである。石段の陰に身を隠せそうだった。それに、岸辺に枝を張った松があり、日陰にもなっていた。

「あそこがいい」

源九郎たち三人は、石段を下りて腰を下ろした。通りすがりの者が源九郎たちを目にとめても、日陰で一休みしていると思うにちがいない。

三人は交替して、ひさご屋の店先に目をやっていた。

陽が西にかたむき、家並の影が路地をつつむころになると、暖簾を出す店が多くなってきた。路地を行き来する人影も増えたようである。

「旦那、女が出てきましたぜ」

三太郎が声をひそめて言った。

見ると、女将らしい年増が暖簾を店先に掛けるところだった。通りかかった遊び人ふうの男が、年増に何か声をかけている。男が剽《ひょう》げたことでも言ったのか、年増は声を上げて笑った。

年増はそのまま店に引っ込み、つづいて姿を見せる者はいなかった。

「旦那、達五郎は店にいるんですかね」

三太郎が不安そうな顔で訊いた。

「いると思うがな」

源九郎も、はっきりしたことは分からなかった。昨夜、達五郎の跡を尾けた孫六が、ひさご屋に入るのを目にしただけである。ただ、達五郎の情婦の店であれば、昨夜は泊まったとみていい。

源九郎は達五郎のような男が動き出すのは、午後になってからであろうと見当をつけて、ここに来たのである。

それから小半刻（三十分）ほど過ぎた。陽が沈み、淡い暮色が町筋をつつみ始めている。

源九郎が店先を見ていると、ふいに格子戸があいて、男がひとり姿を見せた。縦縞の単衣を着流し、黒い半纏を羽織っていた。

「あやつではないか」

思わず、源九郎は声を上げた。三太郎とおせつも石段から立ち上がって、店先に目をむけた。

「あの男です」

おせつが、喉をつまらせて言った。

達五郎は、源九郎たちのひそんでいる石段の方に歩いてくる。右目の下の黒子《ほくろ》が、はっきりと見てとれた。

「身を低くしろ」

源九郎は背を丸め、首をちぢめた。

三太郎とおせつも膝を抱くように身をかがめている。

達五郎はひそんでいる三人には気付かず、掘割沿いの道を大川の方へ歩いていく。

しばらく歩いて、達五郎は大川の河口沿いの道へ出た。そこは大島町で表長屋や町家がまばらにつづいている寂しい通りだった。達五郎は、足早に永代橋の方へむかっていく。

……相川町へ行くつもりだな。

相川町には、菊蔵の住居でもある滝島屋がある。源九郎は、達五郎の行き先は滝島屋だろうと踏んだ。

滝島屋でお吟を連れ出す算段でもするのかもしれない。源九郎は滝島屋まで行かれたら面倒だと思った。

「待ち伏せよう」

この先、通りはさらに寂しくなるはずだった。それに、夕闇もしだいに濃くなっている。人目に触れずに、達五郎を始末できる場所もあるだろう。

三人は走り出した。細い路地をたどって、先まわりするのである。

八

蘆《あし》や荻《おぎ》などが茂った川岸の先に、江戸湊の海原が渺茫《びょうぼう》とひろがっていた。黒ずんだ海原に、白い波頭が幾重にもつづいている。藍色の空に、一筋の細い雲が血を流したように赤く伸びていた。

海原を渡ってきた風が、蘆荻《ろてき》を揺らしていた。遠く、岸辺に寄せる波音が物悲しく聞こえてくる。

源九郎たち三人は、その丈の高い叢《くさむら》のなかにひそんでいた。通りの前は、空地で夏草が茂っていた。すこし離れた場所に何軒か町家があったが、すでに表戸をしめ、通りかかる人影もほとんどなく、ひっそりとしていた。

「来やす！」

三太郎が声を上げた。

見ると、達五郎がすこし前屈みの格好で風に逆らいながら歩いてくる。縦縞の単衣の裾が風になびき、あらわになった脛《すね》が夕闇のなかに白く浮き上がったように見えていた。

「三太郎、あやつの後ろへまわれ」

達五郎を逃がさぬため、挟み撃ちにしようとしたのである。

「はい」

三太郎が眦《まなじり》を決して立ち上がった。

「おせつは、わしが呼ぶまでここにいてくれ」

源九郎の指示に、おせつは無言でうなずいた。

丈の高い草を手で払いながら、源九郎は通りへ走り出た。

「てめえは、華町!」

達五郎が叫んだ。

目がつり上がり、頬のこけた剽悍《ひょうかん》そうな顔がこわばっている。

源九郎は、すばやい動きで達五郎との間合をせばめた。

それを見た達五郎は、逃げようと反転したが、すぐに足がとまった。正面に三太郎が立っていた。匕首を手にし、必死の形相で達五郎を睨《にら》みつけている。

「ちくしょう! 挟み撃ちか」

叫ぶなり、達五郎は草藪のなかに走り込んだ。

「逃さぬ!」

源九郎も、雑草のなかに飛び込んだ。

三太郎も叢のなかに踏み込んで、達五郎の後を追った。

ザザザ、と三人の草藪を分ける音があたりにひびき、丈の高い蘆荻が倒れた。

達五郎は丈の高い雑草を手で払いながら迂回し、通りへもどって逃げようとした。だが、茨《いばら》に行く手をはばまれ、足がとまった。

「達五郎、観念しろ！」

源九郎が達五郎の背後に迫って声を上げた。

達五郎は反転し、ふところから匕首を抜いた。

茨で顔をひっ掻き、血まみれになっていた。目をつり上げ、手負いの獣のような顔をしている。

「やろう！　殺してやる」

ふいに、達五郎が蘆のなかで身をかがめ、匕首をかざして飛びかかってきた。

まさに、猿のような敏捷《びんしょう》な動きである。

すかさず、源九郎が手にした刀を一閃させた。

バサッ、と蘆を薙《な》ぎ払う音がし、達五郎の匕首を握った右腕が虚空に飛んだ。

匕首を突き出した右の前腕を切断したのである。

獣の吠えるような絶叫を上げ、達五郎は右腕を腹に押し当て、よろよろと通りの方へ出ていった。

その達五郎の足がとまった。叢のなかにおせつが、そのすぐ後ろに三太郎が立っていた。ふたりは、目をつり上げて達五郎を見すえている。

「ふ、房吉の妹か……」

達五郎は声を震わせて言った。右手の出血で、腹のあたりが真っ赤に染まっている。

おせつは達五郎を睨みつけながら、何か叫びたそうに口をひらいたが、唇が震え、すぐに声が出なかった。

達五郎が、そこを、どけ、と言って、前に歩みかけると、ふいに、おせつが達五郎の肩口を両手でつかみ、

「あたしの兄さんを、返して！」

達五郎の体を揺すりながら、叫んだ。

達五郎は顔をゆがめ、その場にがっくりと両膝をついた。おせつは、なおも達五郎の体を揺すりながら、あたしの兄さんを返して、兄さんを返して、と叫びつ

づけた。しだいに、涙声になり、嗚咽《おえつ》なのか喚き声なのか分からなくなった。

達五郎はおせつの膝先にうずくまり、呻《うめ》き声を上げている。

「お、おせつさん……」

三太郎がおせつの肩に手をまわして抱き寄せた。

すると、おせつは三太郎の胸に顔をうずめ、オンオンと声を上げて泣き出した。子供のような大きな泣き声である。

源九郎は三太郎の背後に立ったまま、

……好きなだけ、泣くがいい。

と、胸の内でつぶやいた。

泣くことで、悲しみから抜け出せれば、と思ったのである。

おせつは、ひとしきり泣いた後、三太郎に肩を抱かれて叢から出ていった。

達五郎は左手で右腕を抱きかかえるようにして、呻き声を上げていた。顔は土気色をし、目が狂気を帯びたようにつり上がっている。

「冥途へ、送ってくれよう」

源九郎は、背後から刀身で達五郎の心ノ臓を突き刺した。

一瞬、達五郎は背を反らせ、グッと喉のつまったような呻き声をもらしたが、源九郎が刀身を引き抜くと、血を噴出させながら前につっ伏した。

押し倒された蘆のなかで、シュル、シュルと蛇の這うような音がした。胸からの出血が、蘆の茎に当たる音である。

源九郎は刀の血を達五郎の袖口でぬぐって納刀すると、三太郎とおせつの立っている路傍へと出てきた。

ふたりは肩を寄せ合って立っていた。おせつは泣いていなかった。仲のいい兄妹《きょうだい》のように見える。

通りは濃い夕闇につつまれ、深川の町は闇のなかに沈んでいた。風音と汀《みぎわ》に寄せる波音だけが聞こえてくる。


源九郎たちが草藪のなかで達五郎が来るのを待っていたころ、栄造と孫六は冬木町の長屋にいた。安次郎の住む部屋の前である。菅井は、すこし離れた路地木戸の近くに立ち、ふたりの様子を見ていた。

「番場町の、なかにおりやすぜ」

腰高障子の破れ目から、栄造がなかを覗いて言った。

「捕るか」

　そう言って、孫六が腕捲《うでまく》りすると、

「やつは、ひとりだ。まァ、ここで、見ていてくだせえ」

　そう言うと、栄造は腰高障子をあけて土間に踏み込んだ。

　安次郎は上がり框のそばで胡座《あぐら》をかいて煙管《キセル》で莨《たばこ》を吸っていたが、栄造の姿を見て驚いたように目を剝いた。

「安次郎、諏訪町の栄造だ。番屋まで、いっしょに来てくんな」

　栄造はふところから十手を取り出した。

「ちくしょう、そこをどけ！」

　安次郎は立ち上がると、煙管を振りかざして殴りかかってきた。

「じたばたするんじゃァねえ」

　一声上げざま、栄造は安次郎の肩口へ十手を振り下ろした。

　ギャッ、という叫び声を上げざま、安次郎は勢いあまって土間から前に飛び込むような格好で腰高障子に首をつっ込んだ。

「でけえ音出すと、長屋の者が驚くぜ」

　栄造が安次郎の腕を取り障子から上半身を引き出すと、腕を後ろにねじ上げて早縄をかけた。

「諏訪町の、いい腕じゃァねえか」

孫六が目を細めて言った。

「まだ、とっつァんには、かないませんや」

栄造はそう言って、安次郎を立たせた。

このまま安次郎を近くの番屋へ引き立て、明日にも定廻り同心の村上に引き渡す手筈になっていた。

# 第六章　黒衣の武士

## 一

「旦那、どうしやす」

孫六が上目遣いに源九郎を見ながら訊《き》いた。

孫六の話によると、村上が今夕にも相川町の滝島屋に踏み込んで菊蔵と奉公人の助次を捕らえるというのだ。

栄造が安次郎を捕らえた翌日だった。今朝のうちに、村上は番屋で安次郎を詮議したという。

安次郎は、自分が木菟《みみずく》一味であることを認めなかった。当然である。木菟一味であることが分かれば、獄門晒首になるだろう。

ただ、村上が、菊蔵の名を出すと、安次郎の顔色が変わった。そして、むきになってかかわりを否定した。

村上は、いずれにしろ木菟一味とかかわりがあると察知し、とりあえず菊蔵と助次の身柄を押さえようと思った。それというのも、安次郎が捕らえられたことを知れば、菊蔵たちは、江戸から姿を消すだろうと思ったからである。木菟一味は悪名高い盗賊である。ここで取り逃がしたら、二度と捕縛する機会はないだろう。

それに、菊蔵を捕らえて詮議する理由は、木菟一味の容疑のほかにもあった。盗人《ぬすっと》である安次郎を店に出入りさせていた事実もあるし、古手屋を隠れ蓑にして金貸しをしていたことを追及してもいい。

村上は、ともかく頭目と思われる菊蔵を捕縛してから、じっくり口を割らせればいいと思ったのだ。

すぐに、村上は捕方を集めた。もっとも、大勢はいらなかった。捕縛するのは菊蔵と助次だけである。

そうした村上の動きを、孫六は栄造から聞くと、すぐに長屋にいる源九郎に知らせたのである。

「後は町方にまかせればいいんだが……」

源九郎は気がかりなことがあった。

黒衣の武士である。あの武士が菊蔵の身辺にいて、町方に抵抗すれば、何人も斬られるだろう。下手をすれば、菊蔵と助次の捕縛にも失敗するかもしれない。

「行ってみるか」

源九郎は、遠くで見るだけならいいだろうと思った。

黒衣の武士があらわれ、町方に兇刃をふるうような事態になれば、その場で立ち合ってもいいと思った。町方を助けねばならない恩も義理もなかったが、黒衣の武士だけは、自分の手で斬りたいと思ったのである。

「菅井の旦那は、どうしやす」

孫六が訊いた。

「知らせんでも、よかろう。わしらも遠くで見るだけだ」

黒衣の武士があらわれ、源九郎と立ち合うようなことになっても一対一だった。源九郎としては、菅井の手は借りずに剣客として勝負を決したかったのだ。

源九郎が孫六と連れ立って、路地木戸の方へむかうと、井戸端にいたお吟が下駄を鳴らして駆け寄ってきた。小桶を手にしていた。水を汲みにきたところらしかった。

「旦那、どこへお出かけ」

お吟が、身を寄せて訊いた。

「なに、浜乃屋の様子でも見てこようかと思ってな」

源九郎は言葉を濁した。木菟一味の捕縛のことを話して、よけいな心配はさせたくなかったのである。

「旦那、房吉さんの敵を討ってやったんだってね」

お吟は源九郎を見つめて小声で言った。

「よく知ってるな」

「今朝、おせつさんと三太郎さんに話を聞いたんですよ」

「いや、たまたま出会った賊が、房吉を殺した下手人だったのだ」

源九郎は、追剝ぎに襲われやむなく斬ったことにでもしておきたかったのである。

「おせつさんね、何か憑物《つきもの》が落ちたみたいに、おだやかな顔をしてましたよ」

「それはよかった」

おせつの心は、兄を殺された恨みと悲しみでとざされていたのであろう。それが吹っ切れたにちがいない。

「それに、三太郎さんとの仲も急に深まったみたいですよ」

そう言うと、お吟は何か言いたそうな顔で源九郎を見た。

「三太郎にもおせっにも、いいことではないか」

源九郎は達五郎を討った後、寄り添っていた三太郎とおせつの姿を思い浮かべた。仲のいい夫婦になるのではないかと思った。

お吟が伸び上がるようにして、源九郎の耳元に口を近付け、

「ねえ、旦那、今夜、一杯用意しとくから部屋にきてくださいな」

と、ささやいた。

「……わ、分かった」

源九郎は顔を赭黒《あかぐろ》く染めて、思わず返事してしまった。

「早く帰ってね」

お吟の声に送られ、源九郎は足早に路地木戸をくぐった。

孫六はニヤニヤしながら跟《つ》いてきたが、表通りへ出るとすぐ、

「旦那、お吟さんも、寂しいんですぜ」

と、したり顔をして言った。

「うむ……」

源九郎も、お吟にすまない気がしていた。長屋でお吟を匿《かくま》うようになってから、源九郎は菅井の部屋で寝起きし、一度もお吟を抱いていなかった。長屋の住人の手前もあったが、やはり源九郎には、お吟といっしょにはなれないという思いがあったのである。

「早く、お吟さんといっしょになったらどうです。このままじゃァ、お吟さんもかわいそうだ」

「いっしょになったら、もっとかわいそうかもしれん」

なにせ、歳が離れ過ぎている。お吟は、倅の嫁より若いのである。

歳の差だけではなかった。源九郎の暮らしぶりもある。いまのような暮らしでは、いつ命を落とすか分からないのである。現に、いまも腕の立つ刺客との立ち合いを覚悟で、相川町にむかっているではないか。このまま、お吟の許にはもどれないかもしれないのだ。

「孫六、いまはお吟のことより、今夜長屋にもどれるかどうかだ」

源九郎がけわしい顔で言った。

「へえ……」

孫六も源九郎の懸念を感じ取ったらしく、顔の笑いを消した。

二

深川相川町。吉田屋の裏手の桟橋に、村上が立っていた。

八丁堀同心ふうの格好ではなく、羽織袴姿で二刀を帯びていた。人目につかぬよう、姿を変えてきたのであろう。

栄造の姿もあった。他にも、岡っ引きらしい男がふたりいる。栄造たちも半纏《はんてん》に股引《ももひき》姿で、船頭のような格好をしていた。

栄造たちは、桟橋につづく石段の陰から斜向《はす》かいにある滝島屋の店先を見ていた。

淡い暮色が辺りをつつみ始めていた。大川の川面にはいくつもの船影が見えたが、人声や物音は聞こえなかった。汀《みぎわ》に寄せる波音だけがたえまなく聞こえてくる。

源九郎は孫六を連れ、何食わぬ顔で桟橋につづく石段を下りていった。

「華町、何の用だ」

村上が憮然《ぶぜん》とした顔をして訊いた。

源九郎は村上をよく知っていた。相撲の五平という博奕打ちから、茂次の女房になったお梅を助け出したとき、村上に手をまわして五平を捕らえてもらったことがあるのだ。

ただ、村上は源九郎に好感は持っていなかった。源九郎たちはぐれ長屋の者は、これまで何度か事件に首をつっ込んで解決してきたが、町奉行所の定廻り同心としては、おもしろくないのであろう。

「なに、通りがかっただけだ」

源九郎は川面に目をやりながら言った。

「どうでもいいが、手を出すなよ」

「わしはおぬしたちが、ここで何をしてるかも知らぬし、何のかかわりも持たぬ」

「それがいい」

村上は、そう言って滝島屋の方に目をやった。

そのとき、近寄ってくる足音が聞こえたのである。

見ると、伊予吉《いよきち》という村上が使っている小者だった。縞柄の単衣《ひとえ》を尻《しり》っ端折《ぱしょ》りし、手ぬぐいで頰っかむりしていた。ぼてふりか、物売りといった身装《みなり》である。

「どうだ、なかの様子は」

村上が訊いた。

「いやす、菊蔵と助次が」

伊予吉が昂《たかぶ》った声で言った。身装を変えて、店の様子を探っていたようである。

「ほかには」

「おもんという女房と下働きの爺《じじ》いがいるだけで」

「よし、踏み込もう」

村上がそう言うと、そばにいた栄造が石段を駆け上がり、通りの左右に目をやって手を振った。

すると、瀬戸物屋ちかくの樹陰にいた町人体の男が、ふたり近寄ってきた。源九郎が以前話を聞いた瀬戸物屋である。

近寄ってくるふたりは、岡っ引きと下っ引きのようだった。どうやら、付近にひそませておいた村上配下の捕方らしい。

「華町、近付くなよ」

村上は念を押すように言い置いて、石段を上がっていった。

栄造たちも村上に従って、通りへ出た。樹陰のほかにもひそんでいたらしく、通りの左右から数人の捕方が集まり、滝島屋へむかっていく。

「いよいよ、始まるようだな」

源九郎は石段を上がり、村上たちの後ろ姿に目をやった。

「あれだけいりゃァ、取り逃がすことはねえでしょう」

孫六が言った。

村上以下、九人の捕方がいた。いずれも、船頭、職人、ぼてふりなどに身を変えていたが、手に手に十手や捕り縄を持っている。捕方たちは、足音を忍ばせて滝島屋の店先に近付いていく。

「あの武士の姿はないようだが……」

源九郎は通りの左右に目をやった。

遠方に通行人らしい姿が見えたが、黒衣の武士と思われる人影はなかった。

村上は店頭に立つと、栄造以下四人を裏手にまわるよう指示した。裏口からの逃走をふせぐためである。

栄造たちがその場から去ると、

「ごめんよ」

村上は武家ふうの身装には似合わない声をかけて、店内に入っていった。脇や背後に伊予吉以下数人がしたがった。

土間の先に狭い座敷があった。帳場になっているらしかったが、だれもいなかった。

「だれか、いねえのかい」

村上が声を大きくすると、廊下に足音が聞こえ、店の主人らしい男が姿を見せた。

菊蔵である。菊蔵は怪訝《けげん》な顔をして、村上を見た。その身装から、八丁堀同心とは思わなかったようだ。

「何を、差し上げましょう」

客と思ったらしく、愛想笑いを浮かべたが、すぐにその顔がこわばった。村上の脇や背後にいる町人体の男が、十手を手にしているのを見たのである。

「は、八丁堀の旦那で」

菊蔵が震えを帯びた声で訊いた。

「そうだ。おめえに訊きてえことがあってな。番屋まで来てくんな」

「何かの間違いでございます。てまえは、お上に世話をかけるようなことをした覚えはございませぬ」

菊蔵はそう言いながら後じさりした。

「身に覚えがねえなら、嫌がることはねえだろう」

村上の声には有無を言わせぬ強いひびきがあった。

菊蔵の顔がゆがみ、ふいにきびすを返した。同時に、村上の脇にいた伊予吉ともうひとりの捕方が踏み込んだ。

菊蔵は逃げながら廊下の隅に重ねてあった小鉢を手にし、飛びかかってきた伊予吉たちに投げ付けた。商家の旦那ふうの容貌とは似合わない敏捷《びんしょう》な動きである。

伊予吉の脇をかすめて飛んだ小鉢が、並べてある瀬戸物のなかへ落ちてすさまじい音をたてた。

他の捕方も駆け寄った。積んであった瀬戸物がくずれて割れ、鍋、釜が転がり、男たちの怒号とあいまって店内は轟音《ごうおん》につつまれた。

さらに奥へ逃れようとする菊蔵の背に、伊予吉が追いついて十手をたたきつけた。

ギャッ！　という悲鳴を上げて、菊蔵はのけ反った。だが、すぐに体勢を立て直し、背を板壁に当てて身構えた。温厚そうな顔が豹変していた。目をつり上げ、歯を剝《む》き出している。盗人の頭目らしい剽悍《ひょうかん》な面構えである。本性をあらわしたらしい。

「木菟玄造、神妙にしろ！」

村上が声を上げた。

「ちくしょう、つかまってたまるか！」

叫ぶなり、菊蔵は猛然と突進し、前に立ちふさがった伊予吉を突き飛ばした。

伊予吉がよろめいて後ろへ下がった。そこを、菊蔵はすり抜けようとした。

だが、別の捕方が脇から踏み込んで菊蔵の羽織の袖をつかんだ。その捕方を振り払おうとしたところへ、大柄な捕方が後ろから飛び付き、足をからめて菊蔵を押し倒した。

「縄をかけろ！」

村上の指示で、大柄な捕方が菊蔵の体を押さえ、伊予吉が手早く早縄をかけた。

「裏手へまわれ！」

村上はそばにいた捕方に、奥へ踏み込んで助次を捕らえるよう命じた。三人の捕方が十手を手にして、奥へ踏み込んでいった。

いっとき前、助次は帳場の先の座敷にいた。店の方から聞こえてきた激しい物音と菊蔵の絶叫に、町方が踏み込んできたことを察知し、廊下へ飛び出し奥へ走った。

奥といっても、菊蔵と女房の使っている居間と寝間があるだけである。

居間にいたおもんが、金切り声を上げて菊蔵を呼んでいる。

かまわず、助次はふたつ部屋の脇の廊下を走り、台所へ飛び下りた。そして、裸足のまま裏口の引き戸をあけて、外へ飛び出した。

「助次だ！」

戸口で待ち構えていた栄造が声を上げざま、十手を振り下ろした。

にぶい骨音がし、助次がよろめいた。肩口へたたきつけた十手が鎖骨を折ったらしい。

さらに、別の捕方が飛び込み、十手の先で助次の腹を突いた。助次は呻《うめ》き声を上げて両膝を付き、腹をおさえてうずくまった。

「神妙にしやがれ」

栄造が素早く助次の両腕を後ろに取り、早縄をかけた。

三

源九郎と孫六は石段を上がり、路傍まで出てきて滝島屋の店先に目をやっていた。

辺りは夕闇につつまれている。滝島屋のなかから、男の怒号、瀬戸物の割れる音、金物がぶつかり合う音などが激しく聞こえた。

その凄まじい音に、通りかかった者たちが路傍に立ちどまって店に不安そうな目をむけている。

いっときすると、物音がやみ、人影が店先から出てきた。村上をはじめとする捕方たちである。

「捕らえたようだな」

源九郎がつぶやいた。

村上にしたがう捕方たちが、縄をかけた菊蔵と助次、それに女をひとり引き立てていた。女は菊蔵の女房のおもんらしい。おもんも、木菟一味とかかわりがあるか詮議するのであろう。

村上たちは濃い夕闇のなかを永代橋の方へむかっていく。南茅場町にある大番屋へ、菊蔵たちを連れていくのであろう。

「杞憂《きゆう》だったようだな」

黒衣の武士は、あらわれなかった。

「旦那、長屋へ帰りやすか」

孫六が言った。

滝島屋のちかくに足をとめて店先に目をむけていた野次馬たちもその場を離れ、通りに人影はなくなっていた。

「そうだな、捕物も無事終わったようだからな」

「お吟さんが、首を長くして待ってやすぜ」

そう言うと、孫六は顔を脇にむけてニヤリと笑った。

ふたりは、大川端を本所の方へむかって歩きだした。辺りを濃い夕闇がつつみ、対岸の日本橋の家並から灯《ひ》が洩れ、弱々しくまたたいていた。

永代橋のたもとを過ぎ、佐賀町をしばらく歩いたときだった。源九郎は、背後からヒタヒタと近付いてくる足音を聞いた。

振り返ると、黒い人影が見えた。表戸をしめた町家の軒下闇をつたうようにして近付いてくる。

……黒衣の武士！

黒い人影が識別できただけだが、まちがいない。身辺に夜走獣のような異様な気配があった。

「孫六、先へ行け」

源九郎が立ちどまった。

逃げるつもりはなかった。ここで、黒衣の武士と決着をつけるつもりだった。

「旦那、助太刀しやすぜ」

孫六が目を剝いて言った。顔がこわばっている。孫六も、黒い衣装に身をつつんだ刺客と気付いたようだ。

「わしがやる。孫六は、離れていろ」

源九郎の物言いは静かだったが、有無を言わせぬ強いひびきがあった。

「へい……」

孫六はちいさくうなずき、足早に源九郎から離れていった。孫六には、源九郎が負けるはずはないという思いがあったのだろう。

源九郎はきびすを返して、いそいで袴の股だちを取った。

　すぐに、武士が軒下の闇溜まりから通りへ出た。黒の筒袖に黒のたっつけ袴、顔を黒頭巾でおおっている。

武士は地をすべるように疾走してきた。夜陰のなかを走る黒ずくめの姿は黒い狼のように見えた。

およそ五間の間合を取って、武士は足をとめた。黒覆面の間から双眸《そうぼう》が、白くひかっていた。獲物を見つめる夜禽《やきん》のような目である。

「菊蔵たちは、捕らえられたぞ」

源九郎は武士と対峙して言った。源九郎には、武士が菊蔵の仲間だという確信があった。

「知っておる」

武士がくぐもった声で答えた。

「では、なぜ逃げぬ」

菊蔵たちが捕らえられた以上、江戸にいれば武士にも町方の手が迫るであろう。

「江戸を離れるのは、うぬを斬ってからだ」

そう言うと、武士の目が細くなった。笑ったのかもしれない。いずれにしろ、源九郎を斬る自信があるようだ。

「立ち合う前に、そこもとの名を訊いておこうか。わしは、華町源九郎、牢人だ」

源九郎が問うと、

「菅野彦三、おれも牢人だ」

そう言って、菅野は刀の柄に右手を添えた。

「菅野彦三……」

源九郎は名を聞いたことがあった。ずいぶん昔のことだが、一刀流中西派小俣道場で俊英と謳《うた》われた男である。その後、巷《ちまた》の噂で室井とかいう無頼牢人と賭場などに出入りし、江戸の闇世界で人斬り彦三と呼ばれて恐れられていると耳にしたことがあった。

おそらく、菅野は賭場か岡場所かで木菟一味の者と知り合い、仲間にくわわったのであろう。

「華町、いくぞ！」

菅野が左手で刀の鯉口を切り、わずかに腰を沈めた。疾走から、居合で抜きつける体勢である。

源九郎は抜刀し、青眼に構えた。どっしりと腰の据わった巌《いわお》のような構えである。

菅野は右手を柄に添え、やや上体を前に倒し、一気に斬撃の間に迫ってきた。双眸が源九郎を見つめ、痺《しび》れるような殺気を放射している。

まだ、抜かない。黒い獣のように近付いてくる。居合の抜きつけの一刀が、源九郎を襲うはずである。

源九郎は気を鎮めて、菅野の抜刀の起こりを感知しようとした。一瞬の反応が勝負を決するのだ。

フッ、と菅野の体が沈んだ。斬撃の間境の手前である。

タアッ！

居合腰から、菅野が抜きつけた。

シャッ、と鞘走る音がし、菅野の腰元から閃光《せんこう》が疾《はし》った。

袈裟《けさ》へ。

稲妻のような斬撃だった。

刹那《せつな》、源九郎は身を引きざま刀身を払った。一瞬の反応である。甲高い金属音とともに夜陰に青火が散り、ふたりの刀身がはじき合った。

が、強い斬撃に源九郎が押された。菅野の攻撃をはじいた瞬間、わずかに体勢をくずされたのである。

イヤァッ！

鋭い気合を発し、菅野が二の太刀をふるった。刀身を返しざま、横一文字に払ったのだ。

源九郎は背後に跳んだ。だが、一瞬遅れ、菅野の切っ先が源九郎の右腕をとらえた。袖が裂け、二の腕に血の線がはしった。

源九郎はさらに後じさり、菅野との間合を取った。右腕に疼痛があったが、皮肉を裂かれただけである。刀をふるうのに支障はない。

源九郎はふたたび青眼に構え、全身に気勢を込めた。

四

「今度は、わしの番だ」

源九郎の人のよさそうな茫洋《ぼうよう》とした面貌《おもて》が豹変していた。顔がひきしまり、双眸が炯々《けいけい》とひかっている。剣客らしい凄みのある顔である。

源九郎は切っ先に気魄《きはく》を込め、菅野の目線につけた。剣尖《けんせん》には、そのまま突いてくるような威圧がある。

だが、菅野に臆した様子はなかった。切っ先を敵の腹部につける平青眼に構え、足裏をするようにして間合をせばめてくる。

菅野との間合はおよそ三間。ジリジリと斬撃の間境に迫ってきた。

間合がつまるとともに、ふたりの構えにさらに気魄がこもった。体が揺れず、お互いの切っ先が槍穂のように伸びていくように見える。

剣の磁場がふたりをつつんでいた。時のとまったような静寂のなかで、ふたつの黒い人影が引き合うように間合をつめていく。

斬撃の間境の手前で、ふたりの寄り足がとまった。ふたりは剣尖の気魄で敵を攻めながら動きをとめたのだ。塑像のように微動だにしない。気の攻防だった。

どれほどの時が経過したのか。源九郎には時間の意識がなかった。すべての気を集中し、菅野の斬撃の起こりをとらえようとしていた。

ふたりの切っ先が、昆虫の触手のように小刻みに揺れだした。気の高まりが、切っ先を震わせているのである。

潮合《しおあい》だった。

ピクッ、と菅野の切っ先が撥《は》ねた。

利那、ふたりの間に稲妻のような剣気が疾った。

タアリァッ！

トオッ！

鋭い気合が静寂を裂き、ほぼ同時にふたりの体《たい》が躍動した。

菅野は猿《ましら》のような敏捷な動きで、平青眼から袈裟に斬り込んできた。

源九郎は菅野の手元に突き込むように籠手へ。

ふたりは一合してすれちがい、反転し、ふたたび構えあった。

源九郎の着物の肩先が斜めに裂けていた。だが、肌までとどいていない。

一方、菅野の右手の甲から血が噴いていた。源九郎の切っ先が肉をえぐったのである。

紙一重の差だった。菅野が両腕を伸ばした瞬間、源九郎が籠手へ斬り込んだためわずかに深い斬撃を生んだのだ。

菅野の眉宇《びう》がゆがんだ。顔をしかめたらしい。

「おのれ！」

菅野が怒りの声を上げた。

平青眼に構えた切っ先が震えている。右手の傷と気の昂りで、体が顫《ふる》えているのだ。

だが、戦意は失っていなかった。菅野は、カッと両眼を見ひらき、全身に激しい気勢をみなぎらせた。

源九郎は青眼に構えた。どっしりと腰の据わった隙《すき》のない構えである。

今度は源九郎から間合をつめ始めた。切っ先を敵の目線につけたままスル、スルと迫っていく。

菅野の両眼が血走り、切っ先がさらに震えだした。剣尖も死んでいる。気の昂りがさらに強まり、身を硬くし、剣尖から気魄をうばっているのだ。

斬撃の間境の手前で、ふいに菅野が動いた。源九郎の気魄に押され、耐えられなかったのである。

獣の咆哮《ほうこう》のような気合を発し、菅野が真っ向に斬り込んできた。捨て身の攻撃だったが、鋭さがない。

源九郎は体をひらきざま、胴を払った。

ドスッ、というにぶい音がし、菅野の上体が前にかしいだ。菅野はそのまま前に泳ぎ、足をとめてつっ立ったが、刀は下ろしたままだった。

黒衣のため血の色は見えなかったが、腹部から白っぽい臓腑が覗いていた。菅野は左手で腹部を押さえ、きびすを返した。

「まだ、だ！」

菅野は右手だけで刀を構えようとしたが、腕が震えて刀身が上下に揺れただけである。

唸《うな》り声を上げながら、菅野は、よろっ、よろっ、と、前に踏み込んできた。源九郎に斬りかかるつもりらしかったが、刀が構えられず、足がとまると、その場にがっくりと両膝を折った。

「殺せ！」

菅野が叫び声を上げた。

源九郎は刀身をふりかざし、菅野の背後に身を寄せた。菅野は助からない。とどめを刺してやるのが、武士の情けである。

タアッ！

鋭い気合を発して、刀身を一閃《いっせん》させた。

にぶい骨音がし、菅野の首が前に垂れた。喉皮だけを残して斬首したのである。

　ビュッ、という音をたてて、菅野の首根から血が赤い帯のように奔騰《ほんとう》した。心ノ臓の鼓動に合わせて、三度血が噴いた。そして、血は首根からたらたらと流れ落ちるだけになった。

　菅野は己の首を抱くような格好でうずくまっている。

「……人斬り彦三か、恐ろしい男だった」

　源九郎は荒い息を吐きながらつぶやいた。

「旦那ァ！」

　孫六が駆け寄ってきた。

「始末がついた」

　源九郎の体から気の昂りが引くと、はげしい疲労が全身をつつんだ。やはり、歳である。

「旦那、腕に怪我を……」

　孫六が顔をしかめて、源九郎の右腕に目をやった。

「かすり傷だ。それにしても、あぶなかったな」

　本心だった。菅野の居合からの二の太刀が、一寸伸びていたら、首を落とされていたのは源九郎だったろう。

源九郎は菅野の袖口で刀身をぬぐって納刀すると、

「孫六、手を貸してくれ。この男の死体をかたづけてやろう」

そう言って、菅野の腰に手をまわした。

路傍に菅野の死体を放置しておくことはできなかった。己の首を抱いた斬首体は通りかかった者の目を奪い、大騒ぎになるだろう。菅野も野次馬たちの好奇の目にさらされることは望まないはずだ。

源九郎と孫六は、菅野の死体を川岸まで引きずって行き、大川の川面に転がり落とした。

深い闇につつまれた流れのなかに消えていく菅野の死体を見ながら、

……黒衣の刺客が、闇のなかに沈んでいく。

と、源九郎がつぶやいた。

五

腰高障子が明らんでいた。さっきまで聞こえていた軒先からの雨垂れの音がやんでいる。雨は上がったらしい。

「菅井、仕事にいかんのか」

源九郎が将棋を指す手をとめて訊いた。

今日は朝から雨だった。五ツ（午前八時）ごろになると、さっそく菅井が将棋盤をかかえて、源九郎の部屋に顔を出した。

両国広小路で居合抜きの見世物をしている菅井は、雨が降ると商売に出ることができず、好きな将棋を指しに源九郎のところへ来ることが多いのだ。

「いまから、行っても商売にならぬ」

菅井は苦虫を嚙みつぶしたような顔で、将棋盤を睨《にら》んでいる。

菅井の形勢が悪かった、源九郎に王手飛車取りの手を打たれ、よほどの妙手でもないかぎり、詰みそうだった。

菅井は将棋盤を睨んだまま唸り声を上げていたが、だめだ、と言って、手にした駒を盤の上に放り投げた。

「将棋もあきたな」

源九郎が両手を突き上げて、背筋を伸ばしながら言った。

「いや、あきぬ、いま、一手だ」

すぐに、菅井が駒を並べ始めた。顔を赭黒く染めて、意気込んでいる。こうなると、勝負に勝つまで、源九郎を放さないだろう。

「しかたないな。もう、一局だけだぞ」

源九郎も駒を並べだした。

そのとき、戸口に近付いてくる足音がし、孫六が顔をだした。

「おや、おそろいで」

孫六は目を細め、揉《も》み手をしながら座敷に上がってきた。

暇を持て余した孫六は、菅井と源九郎が将棋を指してるだろうと読んで覗きに来たのである。

いっとき、孫六はふたりの指すのを黙って見ていたが、

「旦那方は話を聞いてますかい」

と、声をあらためて言った。

「何の話だ」

源九郎が孫六に目をやって訊いた。

「木菟一味のことでさァ」

「何かあったのか」

菊蔵たちを村上が捕縛して半月ほど過ぎていた。すでに、源九郎は孫六から、菊蔵たちは強情で村上の拷問《せめ》にもなかなか口を割らないとは聞いていた。

「四、五日前《めえ》、安次郎が洗い浚い吐いたそうでしてね」

「それで、頭目は菊蔵だったのか」

源九郎はまずまちがいないと思っていたが、一抹の疑念もあった。源九郎の知っている菊蔵には、凶悪な夜盗の頭目らしい猛々《たけだけ》しさがなかったからである。

「へい、まちがいなく、菊蔵が木菟の玄造のようで」

孫六は、栄造から聞きやした、と前置きして話しだした。

安次郎は村上の拷問に耐えられなくなり、菊蔵が木菟の玄造で一味の者に指図して押し込みに入っていたことを白状したという。

滝島屋は世間の目をあざむくためで、手下たちを集めて密談をする場所にも使われていたという。達五郎たちは、客を装って店に出入りしていたようである。

また、奉公人の助次は古くから玄造と組んで盗人を働いていた男で、一味の連絡役でもあったという。

「菊蔵は金貸しもしていたようだが」

源九郎が訊いた。

菅井は腕組みして将棋盤を睨みつけていたが、ふたりのやり取りは聞いているようだった。

「やつは、盗んだ金を元手に金貸しをしてたようです。古手屋は金貸しの隠れ蓑でもあったわけで」

「そこまでして儲けた金は、何に使っていたのだ」

「女ですよ。やつは、女道楽だったらしい。吉原や深川の女郎屋はもちろん、妾《めかけ》をふたりもかこってやしたからね。金貸しは女を騙す手でもあったようです。うまいこと言って金を貸し付け、借金のかたに無理やり妾にしちまったらしい」

「そうか」

お吟もその手で、自分のものにしようとしたのであろう。当初は喜多屋の女将にしてやると言って妾にしようとしたが、お吟が断ったため、次は手下に浜乃屋を壊させて営業できなくし、それもうまくいかないと、今度は吾助に怪我をさせ、包丁人を雇うことを口実にお吟に金を貸し付けようとしたのだ。

執念深い男である。目をつけた女を自分のものにするまでは、どこまでも付け狙うようだ。

「お吟さんも、あやうく菊蔵の毒牙にかかるところだったたな」

菅井が口をはさんだ。将棋盤を見つめているが、話はしっかり聞いていたようだ。

「うむ……」

そのお吟も、菊蔵の手下に襲われる心配がなくなり浜乃屋に帰っていた。浜乃屋にもどるとすぐ、吾助が娘のお清をつれて顔を出し、料理の方はお清に手伝わせてやるから店をひらいて欲しい、と言ってくれたという。まだ、右手は使えないがお清を右手代わりに使えば、料理はできるというのだ。お吟は喜んで承知し、すぐに店をひらくことにしたのである。

「ところで、浅吉はどうした」

源九郎は話題を変えた。手下の浅吉だけがまだつかまっていなかったのだ。

「やつも、お縄にしたそうですぜ」

孫六は、これも栄造から聞いたことだが、と前置きして話しだした。

村上の詮議で、安次郎は浅吉の隠れ家が深川材木町の長屋であることも白状したという。

ただちに、村上は栄造たち数人の手先を連れて材木町へ出かけて浅吉を捕らえた。その浅吉も、木菟一味であることを吐いたという。すでに、頭目の玄造をはじめ一味の者が捕らえられ、安次郎が自白しているのだから、隠しようがなかったのであろう。

「これで、一味は残らず捕らえたわけだな」

「そういうことで」

「菅野だがな、盗人というより殺し屋だが、何ゆえ木菟一味にくわわったのだ」

まさに、菅野は刺客だった。菊蔵たち木菟一味とは異質である。

「やつは、木菟一味に雇われた殺し屋だったのかもしれやせん。はっきりしたことは分からねえが、木菟一味は顔を知られることや身辺を探られることをひどく恐れていたようでしてね。それで、房吉も殺《や》ったし、探っていた喜太郎てえ岡っ引きも始末しちまったらしいんで」

孫六によると、初めは達五郎がその殺し役だったという。

菅野を仲間に引き入れてからは、達五郎に代わって菅野が殺し役を引き受けていたそうである。

「それで、わしを狙ったのか」

源九郎は腑に落ちた。玄造はお吟を手に入れるために源九郎が邪魔だっただけでなく、自分の身辺を探られている懸念もあって、菅野に斬らせようとしたのだ。

「いずれにしろ、これで始末がついたわけだ」

パチリ、と、菅井が歩を飛車の前に打った。指先に力が入っている。なかなかの手である。飛車を逃がすと、王の前に金を打たれ、王の逃げ道がふさがれてしまう。

だが、源九郎は考えるのが面倒になり、すぐに飛車を逃がした。

菅井がニヤリとして、王の前に金を打った。してやったりという顔をしている。これで、形勢は一気に菅井にかたむいた。

「茂次と三太郎はどうしてる？」

源九郎が訊いた。ふたりが顔を出さないので、気になっていたのである。

「若い夫婦が雨に降りこめられりゃァ、やることはひとつ。いまごろ、しっぽり濡れてるころでしょうよ」

そう言うと、孫六は顔を伏せて、ヒヒヒ……、と笑った。いつもの卑猥《ひわい》な笑いである。

「若い者はいい。将棋のほかにも、やることがあるわけだ。……さァ、これで、どうだ」

菅井が顔を赭黒く紅潮させて、源九郎の王の前にさらに金を打った。

源九郎は追いつめられていた。あと数手でつむだろう。

「なに、若い者も歳をとる。それも、アッという間だ」

源九郎は手にした駒を将棋盤の上に落とした。源九郎の負けである。

菅井は満足そうにうなずいた。

「晴れてきたようだぞ」

源九郎が戸口の腰高障子に目をやると、菅井と孫六もつられたように目をむけた。

障子が白くかがやいている。陽が射してきたようだ。

男三人、黙したまま障子に目をやっている。

井戸端の方で、子供の笑い声が聞こえた。雨に降りこめられた子供たちが、陽射しのなかに飛び出したようだ。弾けるような明るい笑い声である。

'07. 7. 7

双葉文庫

と-12-09

はぐれ長屋《ながや》の用心棒《ようじんぼう》

# 黒衣《こくい》の刺客《しかく》

2006年8月20日　第1刷発行

【著者】
鳥羽亮《とばりょう》

【発行者】
佐藤俊行

【発行所】
株式会社双葉社
〒162-8540 東京都新宿区東五軒町3番28号
[電話]03-5261-4818(営業) 03-5261-4833(編集)
[振替]00180-6-117299
http://www.futabasha.co.jp/
(双葉社の書籍・コミックが買えます)

【印刷所】
慶昌堂印刷株式会社

【製本所】
株式会社若林製本工場

【表紙・扉絵】南伸坊
【フォーマット・デザイン】日下潤一
【フォーマットデジタル印字】飯塚隆士



ISBN4-575-66250-X C0193